오펠 아레나

오펠 아레나 Opel Arena

발행일	2023년 5월 9일

지은이	변애선		
펴낸이	손형국		
펴낸곳	(주)북랩		
편집인	선일영	편집	정두철, 배진용, 윤용민, 김부경, 김다빈
디자인	이현수, 김민하, 김영주, 안유경, 신혜림	제작	박기성, 황동현, 구성우, 배상진
마케팅	김회란, 박진관		
출판등록	2004. 12. 1(제2012-000051호)		
주소	서울특별시 금천구 가산디지털 1로 168, 우림라이온스밸리 B동 B113~114호, C동 B101호		
홈페이지	www.book.co.kr		
전화번호	(02)2026-5777	팩스	(02)3159-9637

ISBN	979-11-6836-866-8 03800 (종이책)	979-11-6836-867-5 05800 (전자책)	

(주)북랩 성공출판의 파트너

북랩 홈페이지와 패밀리 사이트에서 다양한 출판 솔루션을 만나 보세요!

홈페이지 book.co.kr • **블로그** blog.naver.com/essaybook • **출판문의** book@book.co.kr

작가 연락처 문의 ▸ ask.book.co.kr

작가 연락처는 개인정보이므로 북랩에서 알려드릴 수 없습니다.

변애선 에세이

Opel Arena

오펠 아레나

한 존재에게 다가서는 일이
얼마나 무거운 일인지 잊고 살았나 보다

비 오는 날에
혼자 커피를 마시는 사람에게
어울리는 이야기들

북랩

차례

계략이든 사랑이든

남편과 사별한 그녀는 젊은 운전기사에게 의존한다. 은행이나 시장에 가기도 버거운 노년의 그녀를 지극하게 보살피는 그 남자에게 푸욱 빠져서 이러쿵저러쿵 눈치를 보지 않으려고 친족들의 연락까지 끊어 버린 그녀. 이제 그의 헌신이 없는 삶은 상상하기조차 어려운 바로 그 지점에서, 그 남자는 튄다, 껍질을 벗기다시피 홀라당 털어서 튀어 버렸다.

어느 여인은, 사회적으로 명망이 높았던 남편이 작고하자 오롯이 예술계에 뛰어들어 한 남자에게 헌신한다. 남편의 유산을 팔아서 그 연하의 남자에게 대지만 그 사람은 날름 받기만 할 뿐 고마워하지도 않는다. 그녀는 보상이 없는 사랑의 외로움 속에 쓰러져 차디찬 주검으로 발견되었다.

다른 이야기도 있다. 2020년 겨울, 80세의 그녀는 페이스북에서 사랑의 고백을 받는다. 35세의 그 남자를 만나기 위해 카이로 공항에 내린 그녀는 45년 연하인 그와 즉석 결혼식을 올린다. 이집트에서는 외국인 여성과 섹스를 하려면 결혼을 해야만 한단다. 그녀의 자녀들은 이 결혼이 사기라고 극구 만류하지만, 영국 서남부 출신의 80세 여인은 이집트 카이로 출신인 35세 남자와 백년가약을 맺는다.

'35년 동안 아무도 나를 거들떠보지 않았는데, 그를 만나고부터 젊은 시절로 돌아간 것만 같다. 우리는 격정적으로 사랑을 나누고 있다.'

그의 종교를 따라 이슬람으로 개종까지 한 그녀는 그에게 홀딱 빠졌다고 치자. 아무래도 그 젊은 남자는 의심스럽다. 진짜 목적이 뭘까.

'어머니보다 몇십 년이나 더 나이가 많은 아내를 맞이한다는 사실이 이상해 보일 수 있겠지만, 그런 것이 사랑이다. 사랑은 사람의 눈을 멀게 한다. 사랑에 빠지면 그 사람의 나이나 외모는 중요하지 않다.'

그래도 그렇지. 신부의 외모는 주름이 자글자글하고 치아도 부실해 보인다. 선뜻 입맞춤을 하고 싶을까. 무슨 소통을 얼마나 하였기에 호호 할머니와 사랑에 빠진단 말인가. 그들은 무신론을 연구하는 페이지에서 대화를 주고받으며 친밀해졌다고 한다. 그렇다고 해서 그 사람의 말만 믿고 당장 달려갈 수가 있나.

신부보다 스무 살 정도 더 어린, 그녀의 시어머니가 된 사람의 입장은 어떨까.

'아들이 행복하면 된다. 진정으로 사랑하는 여성과 지내기를 원하고 응원한다.'

그들이 행복하다고 하는데, 아직도 궁금하다. 뭘 먹고 살까? 그녀는 40여 년 전에 이혼한 후, 22만 파운드(약 3억 3천만 원)에 상당하는 단층집에 혼자 살고 있으며, 매주 30만 원의 연금과 장애 급여를 받는다고 한다. 그 이집트 남자는 용접공이었는데, 결혼 후에 일을 그만두었다고 한다.

혹시 영주권 때문이 아닐까. 영국 시민권자와 결혼을 하면 최대 5년 동안 영국에 머무를 수 있는 비자가 나오고, 이후에 영주권 신청이 가능하다고 한다.

'나는 돈도 국적도 원하지 않는다. 어디에 살 것인지는 결국 아내가 정할 것이고, 나는 이 세상 어디든지 그녀와 함께할 것이다.'

사랑하기 때문에 함께 있고 싶을 뿐이라고 하지만 과연 80세의 신부에게 남은 지상의 시간은 얼마일까. 사랑에 빠진 그들은 당당한데 자꾸 의심을 하는 내가 민망할 지경이다. 타인의 사랑에 보편성을 부여하려는 자체가 폭력일 텐데.

사실은 나도 반한 사람이 있다. 그는 미술품 경매사다. 매의 예리한 눈으로 진품과 위작을 감별하는 최고의 경지에 있는 전문가다. 그가 경매를 이끄는 장면을 보면 섹시하다고 느껴질 정도다.

특히 내가 반한 건 그의 결벽증이다. 가장 인상적인 장면은 그의 드레스 룸에 펼쳐지는 수많은 장갑들의 찬란한 진열. 그는 레스토랑에서 장갑을 끼고 홀로 식사하는 사람이다. 피아니스트도 아니고 경매사에게 무슨 손이 그토록 중요할까? 완벽 주의자들의 지독한 결벽증과 까칠함이라니. 바로 그런 모습에 반한 나는 어쩌랴.

그는 여자와 잠자리를 한 적이 없는 남자다. 자신만이 아는 비밀의 방에서 명화 속 여인들의 진품 초상화에 둘러싸여 천국을 맛보는 것으로 인생을 사랑한다. 그의 소장품들은 방대하고, 엄청나고, 완벽하고, 화려하다. 머리부터 발끝까지 철갑을 두르고 자신만의 성(城)에서 완벽한 군주로 지내는 사람이다.

그런 철옹성을 공략할 지상 최고의 여인이 등장한다. 박물관처럼 넘쳐나는 부모의 유품을 정리해야 한다며 연락을 해 온 그녀는 딱 이 남자를 지목하여 의뢰를 해 온다. 다른 사람을 거부하고 오직 그가 미술품 등의 유산 일체를 감정해 주기를 원하지만, 대인 공포증 때문에 스스로 저택에 갇혀 지내는 그녀는 절대로 얼굴을 보여 주지 않는다. 대면을 허락하지 않는다.

사람들 앞에 나서면 무섭고 두려워서 기절하는 병을 가진 이 여인에 대한 호기심과 신비감을 가누지 못하는 그 남자, 기어코 숨어서 그녀를 훔쳐보는 순간 그 아름다운 생명체에 전율한다. 진품 초상화의 아름다움에 도저히 비할 수 없는 그 생생한 존재에 넋이 나간다. 젊고 아름다운 이 여인은 비록 자신의 공간에서 한 발짝도 내딛지 못하는 공황 장애를 앓고 있지만 오직 그 남자에게만 의지하면서 아주 서서히 자신을 열어 주기 시작한다. 그의 손을 꼭 잡고 지상계로 발을 디딘다.

황폐한 들판에서 홀로 고대의 황금 사원을 발견한다 하더라도 그리 황홀하지는 않으리. 이 신비롭고 완벽한 미지의 여인의 육체를 맛보는 단계에 이르자 마침내 진품 초상화로 가득 찬 비밀의 방을 그녀와 공유하게 된다. 완벽한 결혼에 헌신하리라, 은퇴를 선언하고 마지막 경매를 마치고 돌아온 바로 그날, 평생 수집한 진품들이 몽땅 사라져 버렸다. 텅 비었다.

그는 경찰서 앞에서 차마 발길을 돌린다. 그녀를 고발하는 순간 그 사랑을 부정해야 하는 것이니. 산산이 부서진 사랑. 그래도 실낱같은 희망. 그녀가 유일하게 세상 밖으로 나가서 가 본 적이 있다고 말했던 체코의 어느 카페에 앉아 하염없이 그녀를 기다린다. 오지 않을 사람을 기다린다.

결국 요양원에서 물리 치료기에 매달려 생을 부지하는 이 남자. 그래도 기다린다. 지금이라도 그 여인이 달려온다면 모든 것을 용서할 텐데. 전부를 걸었던 그 사랑, 이 영화 〈베스트 오퍼, The Best Offer, 2013〉는 '최고 제시액'을 뜻한다.

나는 아마 매일 꽃을 들고 그에게 가리라. 그를 돌보고 위로하리라. 그의 어디가 그리도 좋으냐고? 철저하게 버림받고 완전하게 속은 채 아직도 그녀를 기다리는 그의 모습이 아름답지 않은가. 망가진 후에도 그리움에 사무치는 저 남자 때문에. 계략이든 사랑이든 뭐든 좋으니 그런 순간이 오기를 바랄 뿐이다.

고결하다

이 남자는 런던의 케닝턴 지역에 근무하는 22년차 공무원이다. 그의 업무는 무연고자의 죽음을 거두는 일인데, 악취가 난다는 신고를 받아 그 문을 열면 이미 부패가 진행되고 있는 중이다. 유품을 둘러보고 신분증이나 우편물 등을 챙긴 후, 보건소에 연락하여 나머지는 모두 소각하라고 한다.

그 자료들을 기반으로 하여 연고를 수소문하지만 거의 헛일이다. 살아서도 연을 끊다시피 하였는데 새삼 죽은 사람을 보러 달려올 리도 없다. 그래도 매번 최선을 다하지만 결국 어느 누구도 장례식에 참석하지 않겠노라는 확인을 마치는 순간에 "사건 종료"다.

그래도 장례식을 준비한다. 망자(亡者)의 소지품과 일기 등을 유추하여 애도하는 글을 쓴다. 텅 빈 성당에서 신부님은 그가 작성한 추도문을 읽고, 그는 홀로 선 자세로 예(禮)를 다한다. 각자의 삶에 꼭 맞추어 쓰려고 애를 썼기에 더욱 근사하고 감동적이다. 그리고 유골의 재를 어느 나무 아래에 잘 흩뿌려 준다.

그의 협소한 사무실은 무채색 분위기다. 회청색 또는 회백색. 그의 유일한 간식은 서양배 같기도 하고 사과 같기도 한 작은 과일 한 알. 그마저도 누릇하게 푸욱 익힌 녹두빛을 띤다. 홍옥 같은 붉은 색깔이 아니다. 그것을 조각내지 않고 둥글게 돌리면서 껍질을 늘어뜨려 깎는다.

이제 퇴근할 시간이다. 늘 같은 옷을 걸치고 늘 같은 길로 걷는다. 좁은 거주 공간 역시 무채색이다. 겉옷을 벗어서 출입문의 옷걸이에 건 후, 식탁 겸 책상에 앉아서 앨범을 편다. 그 표지의 색감은 깊은 바닷물처럼 어둡다. 아무도 애도하지 않는 한 사람의 생애를 기리는 사진 한 장을 골라 거기에 정갈하게 꽂아 둔다. 그는 말이 없는 사람이고, 앨범 속의 고인들도 말이 없지만 마치 단란한 가족들과 같다.

저녁 준비는 간단하다. 그 테이블은 하얀 식탁보로 덮여 있고 벽 쪽으로 다리미가 놓여 있는 상태 그대로 상을 차린다. 식탁 매트 왼편에 포크 하나, 그리고 오른편에 나이프 하나를 반듯하게 놓는다. 작은 통조림을 열어서 큰 접시 가운데에 봉긋하게 담아 놓고, 네모 식빵 한 조각을 곁들인다. 접시 앞쪽으로 뜨거운 차 한 잔, 그리고 그 작은 과일 한 알. 요리의 번잡함을 진작 포기한 그는 항상 딱 이렇게 먹는다. 간결하고 우아한 식탁, 내가 본 식탁 중에서 제일 멋지다 싶다. 아무리 삶이 보잘것없다 하더라도 정갈한 이 순간이야말로 인간 존엄의 극치로 느껴진다. 고결하다 싶을 정도다.

하지만 이 남자는 해고된다. 업무 처리가 너무 꼼꼼해서 속도가 느리고, 조화(造花)보다 비싼 생화(生花)로 장례식을 치르는 등 예산을 낭비한다는 이유다. 그가 해고되던 바로 그날, 그의 아파트 바로 건너편에 살던 누군가 홀로 죽는다. 그는 특히 이 죽음에 집착한다. 마치 자신의 죽음과 같다.

그는 홀로 몇 잔의 독주를 들이켠다. 그것이 스스로 위로한 전부다. 그리고 마지막 업무, 앞집 남자의 연고를 찾아 나선다. 어렵사리 고인의 딸을 찾아내지만, 그녀 역시 자신이 어릴 때 집을 나가서 여태껏 소식을 모르고 살았던 그 아버지가 살았는지 죽었는지 이제 기억조차 없는 사람이라면서 아버지의 장례식을 거부한다.

이 남자는 낙망한다. 다정함과 도리 같은 것들은 정녕 사라지는 것일까. 하지만 뜻밖에 그녀가 마음을 바꾸고 연락을 해 온다. 그의 간곡한 호소에 마음을 열고, 장례식을 함께 준비하는 동안 점차 그에게 호감을 느낀다. 이제 그의 무채색 인생에 분홍색 한 점이 떨어질 테다.

그녀가 오기로 했다. 피가 돌고 가슴이 뛴다. 그녀를 맞이하려면 와인도 사고 꽃도 사고, 한 아름 장을 보아서 길을 건너던 이 사람, 달려오던 트럭에 부딪혀 그대로 뒤로 넘어진다. 그의 머리 아래로 진홍색 피가 홍건하였다.

그의 장례식은 텅 빈 성당에서 신부님 홀로 성서의 한 구절을 읽어 준 것이 전부다. 하지만 그의 묘지에는 푸른 앨범 속의 영혼들이 모여들기 시작한다, 생전에 그가 베푼 연민의 흔적들로 안개처럼 에워싸인다. 하지만 아무것도 모르는 그녀는 오지 않는 그를 기다릴 뿐. 바람이 불고 기척이 있을 때마다 행여 그가 오는지 뒤돌아본다.

인간은 누구나 죽는다는 명제를 때로 잊어버리고 영원히 살 것처럼 아등바등할 때, 이 영화 〈스틸 라이프, *Still Life*, 2013〉는 묵직하게 삶에 대한 예의를 환기시킬 것이다.

고양이를 포기하면서

우리 집 고양이 이름은 '럼블'이다. 진한 회색(灰色)의 수컷인데, 털은 벨벳처럼 찰진 윤기가 흐르며 두 눈은 사파이어처럼 아름다운 광채를 낼 때가 있다. 도도하게 꼬리를 치켜들고 우아하게 걷거나 두 발을 가지런히 모아서 앉은 모습에 반할 지경이다. 따뜻한 곳에 배를 대고 웅크리고 있을 때도 정말 예쁘다.

나는 그의 집사가 아니다. 주로 약국에서 시간을 보내는 탓인지 좀처럼 곁을 주지 않고 방문을 열어 두면 정탐(偵探)을 마친 후 나가 버린다. 서운한 마음으로 따라가서 만져 보려고 하면 발톱으로 긁어서 상처를 준다. 내가 귀가하면 코빼기도 보이지 않지만 그의 집사가 돌아오면 눈 뜨고 볼 수 없는 애정 행각이 벌어진다. 구르고, 부비고, 난리 법석을 떤다. 부럽기도 하고 질투도 난다. 나만 쳐다보아 주는 그런 고양이를 나도 기르고 싶다.

그래도 아침에 잠을 깨면 그를 찾게 되고 잠들기 전에도 챙기게 된다. 그러니 침대를 공유하다시피 하는 그의 집사는 오죽하랴. 제법 긴 여행에서 돌아올 때는 "럼블이 보고 싶다"하여서 정말 놀랐다. 그런 표현을 할 줄 아는 사람인 줄 몰랐으니까.

우리 집 남자가 고양이를 애지중지하는 동안, 다른 한 남자는 웨스턴 케이프(Western Cape, South Africa)로 간다. 아프리카의 끝자락에 위치한 그 바다는 '폭풍의 곳(串)'으로 불릴 만큼 물살이 거세고 헤엄치기가 두렵기로 손꼽히는 곳이지만, 그에게는 유년 시절 대서양의 정취(情趣)를 만끽했던 기억의 장소다.

그는 프리 다이버다. 산소통을 매지 않고 간단한 슈트와 수경만 걸친 채 유영(遊泳)한다. 자연 그대로의 바다 그 자체를 느끼기 위하여 잠수복을 벗고 숨을 참은 채 바닷속을 누빈다. 사실 그는 절망적인 상태다. 다큐멘터리 작가로서 며칠간 잠을 자지 못하고 일에 치이는 생활과 오랜 해외 촬영 등으로 골병이 들어 버렸다. 우울증과 불면증, 일을 잘 해내야 한다는 부담감에 짓눌려 더는 견딜 수가 없었다.

"카메라나 편집실은 다시 쳐다보기도 싫었어요. 보기만 해도 지긋지긋했죠. 너무 지쳐 버렸어요. 살면서 품었던 목적의식이 무너져 내린 거예요."

그 바다는 선뜻 반겨 주지 않는다. 무서울 정도로 폭풍이 몰아치듯 거세고 숨이 멎을 만큼 춥다. 하지만 차가운 바닷물에 잠길 때마다 온몸의 감각이 살아나면서 두뇌 회전이 빨라진다. 그런 고비를 차츰 넘기면서 아름다운 평온(平穩)을 맛보게 된다. 일 년 정도의 시간이 흐르자 오히려 그 추위를 갈망하게 되고 드디어 자신이 사랑하고 잘하는 일을 시작할 힘을 얻는다. 해양 생물을 촬영하는 일.

기상천외한 바다 생물들을 관찰하면서 바닷속을 누비던 그는 특별한 장소를 발견한다. 거대한 다시마 군락이 거센 물결을 막아 주면서 어둑하고 안개에 둘러싸여 오랜 신비를 간직한 비밀의 숲이다. 바로 거기에서 그와 조우(遭遇)한다. 각양각색의 커다란 조개껍질들로 치장한 이상하고 낯선 존재. 저건 뭘까. 순간 껍질들을 화르르 벗고 쑤욱 사라진 그것은 어린 암컷 문어였다. 첫 만남부터 뭔가 범상치 않다는 느낌에 사로잡힌 그는 하루도 빠짐없이 날마다 와서 그를 들여다보고 싶다는 생각을 한다. 그리고 실천한다.

수백만 년에 걸쳐 자신의 몸을 숨기는 법을 터득한 종족, 문어가 영리하다고들 하지만 상상 이상이다. 무척추동물 중에서 지능이 제일 높다 하더니 꾀도 많고 창의적이다. 그 문어가 자신의 굴에서 나와 처음으로 손을 건네던 순간의 떨림은 고스란히 전해져 오는 것만 같다. 그를 신뢰하기 시작한 문어는 그의 몸을 어루만져 보기도 하고 밀착해 오기도 한다. 그의 몸에 붙어서 바다 위로 떠오를 때도 있다.

그는 문어에 반했다. 그 어린 문어 때문에 눈을 뜨면 바닷속으로 달려가기가 바쁘다. 빨리 그에게 가고 싶어서 밤잠을 설치는 상태는 사랑이 아닌가. 사랑은 꼭 사람과 사람의 일이 아닌가 보다. 그는 사랑에 빠졌다.

"당시에 저는 온통 문어 생각뿐이었어요. 바다에서도 육지에서도."

카메라를 떨어뜨리는 통에 놀란 어린 문어가 그만 사라져 버렸을 때는 이대로 끝인가 몹시 상심하여 애타게 찾아 헤매는 모습이 애착(愛着)의 절정과 같다.

그러나 그는 자연을 거스르지 않는다. 어떤 간섭이나 도움을 주지 않는다. 문어의 천적인 파자마 상어의 공격으로 다리 하나를 잃는 상황에서도 지켜보기만 한다. 그 다리에 새살이 돋아났을 때 하염없이 기뻐한 것이 전부다. 그의 세계를 최대한 존중하고, 곁에 있어 주고, 집중해서 바라보는 일. 거기에 충실하였다.

　유난히 물살이 거센 어느 날, 암컷 문어 옆에 큰 문어가 있었어요. 문어 두 마리가 붙어 있는 장면은 보기 드물어요. 이게 웬일인가 싶었죠. 그런데 두 마리 모두 아주 느긋하더라고요. 그래서 짝짓기가 시작되리라는 걸 알았죠. 짝짓기가 시작되자 설레기도 하였지만 한편으로는 두려운 마음이 꿈틀대었어요. 암컷 문어는 굴에만 있었어요. 나와서 배를 채우지도 않고 사냥도 하지 않았어요. 알을 돌보는 일에 온몸을 바치다시피 했죠. 그러다 보니 몸무게가 확 줄고 기력이 눈에 띄게 떨어졌어요. 알은 어두운 굴 뒤편에 있어서 볼 수가 없었죠. 저는 날마다 문어를 들여다봤어요. 사이펀으로 산소를 공급하며 암컷이 알을 보살피고 있었어요. 그리고 서서히 죽어 갔죠. 알이 부화하는 날에 맞추어 죽음을 맞이한 겁니다. 머리를 한 대 얻어맞은 기분이었어요. 무척추동물에 불과한 그 연체동물이 자신의 목숨을 희생하였으니까요. 새끼를 위해서요. 알은 전부 부화했습니다. 그 작은 수십만 개의 알들이 물기둥에 실려 들어갔죠. 겨우 숨만 붙어 있던 암컷 문어는 굴 밖으로 쏠려 나와 있었어요. 그 문어는 물고기 먹이가 됐죠. 수많은 청소동물들이 와서 뜯어 먹었어요. 마음이 아팠어요. 문어를

안아 들어 보호하고도 싶었지만 꾹 참았죠. 다음 날, 큰 상어
가 나타났어요. 상어는 문어를 낚아채서 뿌연 숲으로 사라지
더군요. 문어의 굴이 있는 곳에 지금도 자주 갑니다. 그 위에
둥둥 떠서 문어의 존재를 느껴요. 당연히 그립죠.

인용한 부분은, 영화 <나의 문어선생님, My Octopus Teacher,
2020>에서 이별의 순간을 묘사하는 그 남자의 내레이션이다. 그
제목만 볼 때는 무언가 가르치고 배우는 영화인가 하였지만, 사
실은 최고의 사랑 영화가 아닌가. 매혹부터 상실(喪失)까지 마치
나의 일 같아서 나도 울고 그도 운다. 눈시울을 붉히며 울먹이는
그 남자 때문에 오직 나만의 고양이를 길러 볼까 하던 계획은 취
소되고 말았다.

온 마음을 다해 바라보고 지켜보는 일, 그렇게 한 존재에게 다
가가는 일이 얼마나 무거운 일인지 잊고 살았나 보다. 정을 주는
일은 일단 보류해야 하겠다. 아무래도 그의 고양이를 어깨너머로
지켜보는 정도로 멈추려 한다.

그 강물 때문이다

위대한 로마 제국이 납 중독으로 몰락했을지도 모른다고 하는 마당에, 미국(美國)이라는 강대국에서 납을 배관으로 사용하였다는 말인가.

미시건주(州)의 플린트시(市)는 천연 빙하 호수인 휴런 호수의 방대한 청정수를 수원(水源)으로 하고 살았다. 그러던 어느 날, 산업 폐기물로 오염되기 쉬운 플린트 강물로 갑자기 식수원이 변경된다. 그 이유는 재정을 절감해야 한다고 한다. 그 정책의 백미는 그다음이다. 그 강물을 끌어오기 위하여 납 배관을 설치하고 그 비용을 충당하기 위하여 생계를 위협할 정도의 비싼 수도세를 매긴다.

갈색 물은 쏟아지고. 가난에 찌든 그들에게는 생수 한 병이 참으로 복음이 된다. 생수를 살 돈이 없다. 아이들의 혈중 납 수치가

급증하고 구토, 발진, 탈모 등의 증상을 호소하는 사람들이 수두
룩하였다. 피폐해져 가는 그 마을에 새로 이사 올 사람은 없고 집
을 팔아서 이사를 갈 수도 없다. 주민의 대부분은 흑인이다.

비명을 지르지 않았을까. 아무리 호소해도 달라지는 건 없다.
수질 검사 수치를 조작했다는 의혹이 등장하지만 그들은 납 성
분이 허용치 이하로 나오니 별문제가 없다고 한다. 그런데 그 지
역의 거대 자동차 회사인 GM에서 제조한 자동차 부속들이 녹아
내리는 사태가 발생하자 낭패한 그들은 딱 그 자동차 공장에만
휴런 호수의 물을 공급해 준다.

절망과 고통에 지친 주민들은 메시아를 기다린다. 그 당시 민
주당의 흑인 대통령 '오바마'가 비행기 트랩에서 내리는 순간 미
친 듯이 열광한다. '드디어 우리의 대통령이 오셨다. 이제 우리는
결코 더 이상 아프지 않을 거야. 다시 예전처럼 좋은 물을 마실
수 있을 거야. 당장 재난 지역으로 선포하고 우리를 구원해 주실
거야.'

잘 빼입은 그 신사는 물 한 잔을 청한다. 플린트강에서 정수한
그 물을. 순간 주민들은 탄식한다. '생수를 드세요, 대통령님.' 그
가 물을 마시는 바로 그 순간 모든 건 끝났다. '뭘 그래. 대통령도

마시는 물이란 걸 보란 말이야.' 그런 말 아닌가. 오바마가 플린트 시를 방문한 동안 그 물을 한 잔 더 마셨다. 그리고 덧붙였다. '저도 어릴 때 페인트 조각 같은 것을 삼키기도 하였습니다.' 그 강물 때문이 아니다. 당신 자녀들의 납 중독은 페인트 조각 때문이라는 말이다.

"올 때는 저의 대통령이었지만, 갈 때는 저의 대통령이 아니었어요."

실망과 울분에 찬 탄식이 결국 오바마의 등을 찌를 것이다.

어느 날 축제처럼 요란하고 폭죽이 쏟아지는 밤. 그건 불꽃놀이가 아니다. 헬기 훈련장 같은 군사 시설이 들어선 증거다. 혐오 시설이 들어선다는 사전 통보를 받은 적이 없는 주민들의 단잠을 깨우며 작렬하는 빛과 소음. 그런 시설이 들어서도 끽소리 못할 만큼 사람을 바닥으로 밀어 처넣는 일. 결국 인종청소의 도구로 생명의 근원인 물을 사용하였다는 의심을 지우기 어렵다.

그 강물 사건만이 아니다. 민주당의 기득권층이 '힐러리'의 경선 승리를 조작하였다, 그렇게 생각한 '샌더스'의 지지자들은 상심하여 투표장에 가지 않았으며 여하튼 공화당의 '트럼프'가 당선되었다. 새 대통령의 슬로건은 '미국을 다시 위대하게'였다. 하지만 이 영화에서 트럼프는 '히틀러'에 비견된다. 멕시코 장벽을 세우고 난민을 차단하고 자신들만의 선에 급급한 전체주의자로 묘사된다.

그런데 왜 트럼프가 당선될 수밖에 없었는가. 바로 그 점에 대하여 폭로한 이 영화 〈화씨 11/9: 트럼프의 시대〉는 다큐멘터리다. 기록 영화를 즐기지 않지만 '마이클 무어' 감독이 미국의 의료 보험 제도를 고발한 〈식코〉 그리고 부시 행정부와 이라크 전쟁을 파고든 〈화씨 9/11〉 등을 챙겨 보면 미국의 추악한 이면에 대하여 수긍을 하게 되는 것 같다.

하지만 미국의 자유와 위대함을 선망하며 살아온 나로서는 두둔하고 싶은 것이 솔직한 마음이다. 적어도 이러한 고발이 당당하고 자유롭게 이루어졌으며 어떠한 불이익도 받지 않을 것이라고 믿고 싶고, 그러니까 위대한 거라고 생각을 한다. 하지만 내심 실망은 실망이다. 콩깍지가 벗겨지는 순간 연인이 초라해지듯 지금 나에게 미국은 어쩌면 그런 존재가 되고 말았다.

그도 외로웠을까

　오랫동안 지하철 역세권에서 단골 환자들과 잘 지내던 입지를 파하고, 산 높고 골 깊은 곳으로 약국을 옮겼을 때, 사람들은 혀를 차면서 딱한 시선으로 물었다. 도대체 이런 외진 곳으로 왜 왔느냐고. 병원도 없고 인적도 드문데 돈을 벌 생각이 있기는 한건가 하면서 걱정을 해 주었다.

　어떻게 대답하면 좋을까. 산의 능선을 바라보면서 지내고 싶었다고 하거나, 사무치는 겨울바람 소리에 끌렸다고 말하기도 그렇다. 그냥 애매하게 웃는 편이 나은 것 같다. 지독한 바람이 부는 날은 일 년에 며칠이나 될 것이며, 산의 능선을 얼마나 자주 눈으로 어루만져 볼까. 사실은 혼자 있고 싶어서 그랬을 것이다.

　혼자 지내는 상태란 외부의 조건에 구속받지 않는 완전한 자유의 경지와 통한다고 생각하지만, 장자(莊子)의 소요유(逍遙遊)의 대붕(大鵬)에 비하여 설명하기도 쑥스러웠다. 하늘을 뒤덮을 만큼 거대한 날개를 지닌 존재의 자유로움과 감히 스스로 비교가 될 건가. 자발적으로 혼자를 지향하면서도 어쩐지 당당한 기분이 아니라면 무엇엔가 떠밀려 혼자가 된 사람들은 어떨까.

약국 옆 무인 빨래방에는 작은 카페가 있다. 그는 그 상가의 벚나무 아래에서 커피를 마시면서 쉰다. 가끔 어딘가 아프거나 체했을 때는 우리 약국에 온다. 그는 인물이 좋은데다가 유머가 있어서 살기가 좋아 보이지만, 사실은 사업에 실패한 후 아내와 이혼하고 택시를 몰면서 혼자 산 지 오래되었다고 한다. 강서구 명지를 지나서 녹산 지나서 화전 산업단지의 원룸에 살면서 월세 25만 원만 내면 되니까 돈을 열심히 벌 필요가 없다고 느긋해한다. 하지만 백방으로 서민 대출을 구하는 것으로 미루어 보면 걱정이다. 어쩌다 나무 아래에서 빵을 먹고 있는 모습만 보아도 내 가슴이 쿵 한다. 코로나 위기로 나락에 떨어진 사람들이 그렇게 살아간다는 신문 기사를 보았기 때문이다.

진아도 혼자 산다. 영화 〈혼자 사는 사람들, Aloners, 2021〉의 주인공인 그녀의 직업은 카드 회사의 상담사다. 벌집처럼 밀집한 책상 중 하나에 앉아서 종일 "네, 고객님."하는 직업이다. 폭언이 예사인 고객부터 한 달 동안 사용한 청구서의 몇천 원 내역까지 시시콜콜 전부 읽어 달라고 하는 고객도 있다. 감정 노동의 꽃이라 할 그 직업에 속한 그녀는 어떤 경우에도 화를 내거나 감정을 드러낼 수 없다. 그녀는 점점 굳어져 간다. 지나치게 까칠하고 냉정하고 무정하다. 버스나 전철에서는 이어폰을 꽂고 동영상을 시청하면서 주변에는 일절 관심을 두지 않는다. 혼자 점심을 먹고, 혼자 찻집에 간다.

그녀의 아버지는 바람이 나서 어린 그녀와 엄마를 버리고 떠났던 사람이다. 오랜 시간이 흘러서 돌아온 그 사람은 아내가 사망 전에 딸에게 남겨 준 집과 유산을 포기하라는 서류를 그녀 앞에 내민다. 거기에 도장을 찍어 주고 나와서 담벼락에 주저앉아 한참을 울고 난 그녀는 더욱 마음을 닫는다. 업무를 가르치라고 배정된 인턴 직원에게도 지독하게 냉정하게 대한다. 열의에 넘치지만 아직 여리기만 한 그 신입 사원은 견뎌낼 재간이 없는지 무단결근 중이다.

진아의 옆집에는 한 청년이 산다. 원룸 아파트의 복도식 구조에서 가끔 스칠 때 그가 말을 걸어도 모른 척했다. 그런데 그가 죽었다고 한다. 그녀의 옆방에서 악취가 진동을 하고 시신이 발견될 동안에도 그녀는 몰랐다. 그 방에 새로 이사를 들어온 세입자는 주변에 관심이 많은 사람인지 자꾸 말을 걸어온다. 하지만 그녀는 냉정하게 대한다. 사람이 죽었든 새로 이웃이 생겼든 관심을 두지 않는다.

그 방에서 사람이 죽었다는 소문은 결국 새로 입주한 사람의 귀에도 들어간다. 얼마나 찜찜할까. 당장 이사를 나갈 생각부터 할 것 같은데 그는 오히려 망자(亡者)를 위한 제상(祭床)을 차린다. 그 집 현관에는 신발이 수북하고 그 좁은 방에 사람들이 포개어 서서 한 사람씩 차례로 술을 치고 절을 하고 이별의 말을 전한다. 소주와 과일 등의 조촐한 제물을 두고 향(香)의 연기가 퍼져 나간다.

그 장면을 엿보게 된 그녀의 마음에 큰 파장이 인다. 죽은 사람이 받아야 할 위로의 순간이 그녀의 마음으로 스미는 것 같다. 제대로 위로를 받은 사람은 타인을 포용할 수 있는 마음을 회복할 수 있는가 보다. 그녀는 수습 직원에게 진심 어린 사과를 한다. 업무에 잘 적응하도록 보살피고 이끌어 주지 못해서 정말 미안하다고 한다. 그리고 차차 아버지에 대한 미움과 원망을 거둔다. 그녀의 가슴속에 자리 잡은 세상을 향한 분노가 사라지는 중이다.

그리고 옆집 사람에게 그들의 모임에 데려가 달라는 부탁을 한다. 늘 밀어내기만 하는 싸늘한 그녀에 대하여 혼자서도 잘 살아가는 강한 사람일 것이라고 판단하고 있었던 그는 몹시 의외라는 듯이 그녀를 바라본다.

'사실 혼자 아무것도 못 해요. 그냥 그런 척하는 거예요.'

혼자서 버티는 외로움에 대하여 고백을 한 것이다. 혼자 있는 것을 좋아한다는 말은 마음이 얼음처럼 굳어 가는 중이라는 말일 수도 있다. 그런 외로움을 들키고 싶지 않아서 잘 지내는 척하는 것이다.

이 영화 〈*혼자 사는 사람들*, *Aloners*, *2021*〉을 보고 난 다음날은 특별하였다. 고양이를 다정하게 쓰다듬어 주었고, 출근길에 만난 사람들에게도 진심 어린 인사를 하였다. 인간은 누구나 가슴 한 구석에 외로움의 응어리가 있어서 냉정하거나 무례하게 비칠 수도 있다고 생각하기로 하였다. 저 사람은 지금 외로움에 지친 것 같아, 그렇게 해석하면 이해하기 어려운 순간들을 잘 넘기고 다정한 마음이 될 것이다.

하지만 그 라이더는 정말 무례하였다. 주차장에서 쌍욕을 퍼붓고 갔다. 거센 몸짓과 삿대질과 입 모양만 보더라도 평생 들을 욕을 다 듣는 것 같았다. 그리고 배달이 바쁜지 휘익 가 버렸으니 변명을 하거나 되갚아 주기가 불가능했다. 나도 사정이 있어서 그랬는데, 하는 억울한 기분이 사라지지 않았다.

아직도 그 순간이 떠오르고 그 사람이 밉다. 그토록 무지몽매하게 나의 감정을 파괴한 그 사람은 과연 외로웠을까. 그런 심한 욕을 먹을 만큼 잘못한 일이 없다고 생각하면 할수록 분한 마음만 든다. 인간의 외로움을 빌어서 매사 소통을 잘해 보려던 일이 허사가 되고 말았다. 이 영화에서 받은 선(善)한 자극은 짧게 끝났고 다시 혼자가 되었다.

그럴 수는 없어요

혹시 강간을 당한 것일까. 이를 어쩌나. 두 눈은 젖어 있고 몸이 가냘픈 이 여인을 어쩌지. 이런 내 마음이 닿았는지 그녀가 말했다.

"남편이 바람이 났어요."

나의 눈앞에서 지금 막 사후피임약을 삼킨 여자의 입에서 나온 소리가 맞나. 호기심에 내 눈이 반짝 빛났을 것이다.

"그럼 오늘 새벽에 누구랑 하신 건가요?"
"남편……."

바람난 남편이 새벽에 안아 주기도 하는가.

"그럼 별문제가 없는 것 아닌가요?"
"제가 안아 달라고 했어요. 남편을 잡고 싶었어요."

바람이 났다는 말은 다른 여자와 자고 다닌다는 말일 터인데 그걸 알면서도 안아 달라는 말이 나왔다니, 쓸개도 창자도 다 떼어 내고 살 작정인가. 떠나 버린 사람의 마음을 붙잡는 도구가 기껏 그것이어야 하나.

"왜 바람이 났다고 느낀 건가요?"
"상대 여자가 직접 전화를 했어요."

점입가경이다. 내 상식과 하나도 일치하는 것이 없다. 조강지처에게 감히 먼저 칼을 겨누는 경우라니.

"그동안 뭘 하셨나요?"
"아이들 공부 때문에 외국에 일 년간 다녀왔어요."

그녀의 남편은 아내와 아이들이 돌아왔으니 관계를 청산하자고 그의 정부에게 직접 통보를 했다고 한다. 순간 그 여자는 다짜고짜 그의 아내에게 전화를 걸어서 마구 퍼부었다고 했다. 지금 네 남편이 여기 내 옆에 있다, 너는 당장 죽으라, 이혼하라, 네 남편과 나는 서로 깊이 사랑하고 있으니까 네가 비켜라, 나는 이 남자 없으면 못 산다. 이런 식으로 포악을 떨고 발악을 해 대었다고 한다.

그 전화를 받고 공황 상태에 빠져 버린 그 아내가 남편에게 물었다.

"당장 그년을 만나 담판을 지을 테야. 당신은 누구 편을 들 건데?"

"아무 편도 들고 싶지 않다. 하지만 가정은 백 프로 지키고 싶다."

그 남편은 딱 이렇게 말을 하였다고 했다.

"이혼을 하실 작정인가요?"

"가정은 지키고 싶은데, 도대체 어떡해야 좋을지 정말 미칠 것 같아요."

가정만 지키고 싶은 것이 아니라 남편의 마음을 송두리째 옮겨 오기를 원하기 때문에 괴로울 테지. 죽을죄를 지었다며 싹싹 빌지도 않고, 다시는 그 여자를 만나지 않겠다는 맹세도 하지 않는 그를 어떡해야 하는지 나로서도 묘책이 없다.

아이 둘을 데리고 집에서 뒹굴다가 나온 그 부인의 모습을 살펴보았다. 비누 향기도 꽃 냄새도 나지 않았다. 체취가 탁하고 모공은 벌어지고 혈색은 누렇고 윤기도 없었다. 내 가슴이 더 갑갑해졌다. 쓸쓸하게 웃으며 약국을 나서는 그녀의 등을 토닥여 줄 뿐.

나도 그런 류의 전화를 받은 적이 있었다. 내가 당장 그 사람을 만나러 가겠다고 펄펄 뛰니까, 그렇게 대응하면 결국 상대방을 인정하고 대단하게 여기는 꼴이 되는 것이라고 남편이 말렸다. 그냥 모른 척 지나가 준다면 되는 일이라고, 무조건 잘못했노라고 빌면서 격분한 나를 진정시켰다. 이십 년 이상 입은 헌 옷이 때로 지겹지 않다면 거짓말 아니겠는가? 거기서 생각을 멈추고 나는 그냥 그렇게 지냈다.

다시 그녀가 왔다. 수면제를 달라고 했다. 그럼 그렇지, 잠이 잘 온다면 사람이 아니지. 배신감에 치를 떨면서도 밥 잘 먹고 잠을 쿨쿨 자는 법은 없다. 다시 그 두 사람이 만나는 눈치라고 했다. 아내가 알게 되었는데도 멈추지 않는다면 정말 큰 문제다. 가장 좋은 방법은 사실 복수다. 똑같은 경우를 당해 보게 하는 것. 아이들을 내팽개쳐 두고 살림을 엉망으로 하고 바람이 난 척하는 것. 야한 속옷을 입고 화장을 진하게 하고 하이힐을 신은 채 밖으로 나돌기 시작하면 남편의 관심도 어쩌면 아내에게 돌아올지 모른다. 춤바람이라도 난 척해 보라고 그녀를 부추겼다.

그럴 수는 없어요. 아이들도 아직 어리고 저에게는 신앙이 있습니다. 이렇게 잘라 말하는 그녀 때문에 머쓱하였다. 그렇게 착해 빠졌으니 남편을 뺏기고 속만 태우는 것이다. 상대방도 칼에 찔려 보아야 그 고통을 알 텐데. 하지만 더 이상 남의 일에 끼어들 여지가 없다. 수면 유도제는 술과 함께 먹으면 매우 위험하다. 잠들기 어려워도 더 먹어서는 안 된다. 그런 말만 해 주고 보낼 수밖에.

다른 여자에게 갈 힘을 달리게 하려고 출근하려는 남편을 유혹한 그녀가 차라리 부럽다. 홧김에 서방질하라고 부추긴 나를 싸악 무시해 버린 그녀가 돋보인다. 갈 테면 가라, 다시는 내 몸에 손댈 생각은 하지도 마라, 하는 방식과 너무 다르다.

상한 음식은 아깝지만 버리면 된다. 상한 사람은? 변절한 사람을 쓰레기통에 던져 버리고 다시 새로운 사람을 만난다면 과연 그 사람은 천연 무공해인 존재일까. 영구 방부 처리된 존재일까. 나도 변하고 그도 변할 수 있다는 그 사실에 승복을 하면 잠이 잘 오려나.

그녀를 만난 뒤로 거울을 자주 보게 되었다. 자신이 얼마나 매혹적인 존재인지 살펴볼 요량이지만, 당장 그렇고 그런 몸매가 먼저 눈에 들어온다. 전신 거울에 찬찬히 비추어 보노라면 탄력이 사라지기 시작하는 육신을 숨길 도리가 없다. 이제 남아서 빛날 수 있는 것이라고는 오직 영혼뿐. 정신이여, 너라도 부디 팽팽하여라.

그만둘 수 있을까

주말이 되면 아이들을 서둘러 남편이 혼자 일하고 있는 농장으로 간다. 상봉의 기쁨은 잠시. 어린 남매의 고사리손까지 동원하여 큰 포대 한가득 푸른 잎을 채운다. 그것을 바닥에 펼쳐 놓고 갈고리로 펼쳐 주듯 으깨는 식이다. 숨이 적당히 죽은 그 잎사귀들 위로 하얀 가루를 흩뿌린 다음에 커다란 드럼통으로 옮겨서 나무 막대기로 저어 가며 침출하면 흰색 유액이 된다. 중간중간에 냄새를 맡아 보는 것이 검증의 전부다. 그 유액을 면포(綿布)에 걸러서 치즈 덩어리처럼 만들면, 일 킬로그램당 1,600불의 가치를 지닌 원료가 된다.

비록 비좁은 방이지만 아내와 아이들로 가득 찬 행복한 밤을 지난 아침, 두꺼운 책처럼 만든 덩어리들을 배낭에 넣어서 등에 지고 길을 떠난다. '칭가사 국립 공원'을 도보로 횡단하여 컬럼비아의 수도 '보고타'의 허름한 카페에 가서 접선을 해야 한다. 암초는 있다. 두 명의 남자가 그 배낭을 뺏으려 하지만 침착하게 사살한 후에 돌무덤을 만들어 준 다음, 길을 재촉한다.

그 카페에 도착한 즉시 약간의 지폐와 교환된 그것은 나무 궤짝 더미에 섞여 '까르따헤나'의 외딴 공장으로 이송되고, 거기에서 흰색 분말로 가공된다. 투명하게 신속히 용해가 잘 되는지 마지막 확인을 거치면, 킬로그램당 4,000불의 상품이 되어서 부두로 향한다.

선장에게 두툼한 봉투가 건네지고, 그 배는 컬럼비아를 떠나 멕시코로 향한다. 험한 풍랑을 헤치고 '베라 크루즈'항에 도착하면 8,000불로 뛴다. 그 선장이 어느 픽업 트럭 기사에게 얄팍해 보이는 봉투를 건네자 콧노래까지 흥얼거리며 멕시코 '몬테레이'로 차를 몬다. 검문소에는 매복이 있다. 경관들을 해치우고 경찰인 척 기다리지만 뒤따르던 마약 호송 세력의 총탄이 더 빠르고 강하다.

그 운전기사는 질펀한 밤을 보낸다. 한 건 하였으니 즐길 뿐. 그 물건이 무사히 건네지면 10,000불이 된다. 설마 모르겠지 하면서 각 포장마다 미량을 덜어내어 착복하던 중간 책은 목이 잘려 죽는다. 새로운 배달 책은 허약해 보이는 젊은이다. 큰 배낭을 메고 멕시코의 '테카테'로 가는 버스에 오르면서 차표와 함께 잘 접힌 지폐가 건네진다. '소노라' 근방에서 검문 때문에 조마조마하지만, 마약견이 적발을 하였음에도 그 옆의 엉뚱한 가방을 조사하는 시늉만 하고 흐지부지 통과된다. FBI가 감시를 하고 있었음에도.

이제는 경비행기가 동원된다. 거기에 실리면 12,000불. 조종사는 "레이더를 피해서 바다를 둘러서 캘리포니아 '데스밸리' 국립 공원으로 갈 것"이라는 항로를 알려 준다. 토끼 사냥을 하는 척 미리 가서 기다리고 있던 숲속의 다른 한 남자가 조종사와 교신을 하자, 배낭을 멘 사람이 낙하하면서 패러글라이더가 펼쳐진다. 그 접선이 성공하는 순간 21,000불.

이제 캐나다 '밴쿠버'에 도착하기만 하면 성공이다. 눈썰매를 타고 최대한 갈 수 있는 데까지 간 다음, 스키로 바꿔 신고 계곡과 산맥을 통하면 되는 것이다. 아뿔싸, 배낭을 계곡에 흘리게 된다. 그것을 잃는다면 죽은 목숨과 같다, 결사적으로 찾아 헤매는 중에 한 사람은 다른 한 사람을 배신한다. 오랜 동업자를 깊은 계곡으로 밀어 버린다.

길고 긴 여정의 끝. 운반 완료의 순간. 그 가치는 34,000불. 혼자 과실을 독차지하게 된 그 남자는 행복했을까. 아니다. 살점이 도륙되어 개의 먹이로 던져지는 지경에 처하여 화형 된다. 계곡으로 떨어진 그 친구가 극적으로 구조되어 처절하게 복수하는 것이다.

마약은 어떻게 생성하고 도달하는가. 영화 <마약 기생충, *Running With The Devil, 2019*>을 통해 일 킬로그램당 1,600불(약 200만 원)에서 34,000불(약 4,000만 원)의 가치로 튀겨질 동안 일 말의 가책을 느끼는 사람이 있는가. 토막토막으로 자신의 소임만 하면 끝난다. 자신의 행위가 어떤 큰 그림의 어느 부분인지 알 바 없다. 지천에 널린 나뭇잎을 거두어 껌처럼 찰기를 지닌 반죽 덩어리를 만들었을 뿐이고, 중간중간 배달의 위험을 감수한 사람들이 등장할 뿐이다. 마약 카르텔은 설사 어느 한 단계에 탈이 난다 하더라도 즉각 채워지는 순환계다.

오늘도 그녀는 아이들을 재촉하여 농장에 간다. 살기가 나아지면 그만둘 수 있을까. 그들의 행색은 남루하였다.

나는 약신(藥神)이 아니다

<위부스야오션(我不是藥神), 나는 약신이 아니다, *Dying To Survive*, *2018*> 이 영화의 주인공은 자신의 무능함을 못 견뎌 하는 아내와 이혼을 한 후에 가끔 아들을 만나러 가는 낙으로 살아가는 인물이다. 상하이에서 인도산 정력제를 파는 점포를 열고 있지만 월세를 제때 내기도 어렵다. 이런 그에게 어느 날 백혈병 환자가 찾아와서 인도산 치료 약을 제발 구해 달라고 눈물로 애원을 한다.

백혈병 치료제 '글리벡'은 스위스의 다국적 제약 기업인 '노바티스(NOVARTIS)'가 개발하였다. 그 특허권을 인정해 주는 오리지널 약제로 치료를 하면 한 달에 약값이 4천 달러(450만 원) 정도 든다면, 특허가 만료되어서 복제한 제네릭 약제로 쓰면 1백 달러(45만 원) 정도가 든다. 그러니까 그 환자가 구해 달라고 애원하는 인도산 약은 복제약이다.

인도는 세계 최대의 복제약 생산국이다. 특히 2005년에 법을 개정하여 기존 성분과 약효의 근본적인 혁신이 있어야만 특허권을 인정해 준다. 즉, 약효 성분의 염(鹽)을 조금 변경하거나 투여 용량과 용법 등을 약간 조절하는 방식으로 특허 존속 기간을 영원히 연장하려는 거대 제약 기업들의 의도, 즉 '에버그리닝 전략'을 차단해 버렸다. 그러니까 신약의 특허권이 종료되면 그 약의 복제가 즉시 가능해져서 약값이 저렴해지는 것이다.

바로 그런 약을 구해 달라는 환자들의 눈물 바람에 밀려서 결국 밀수를 하게 되는 이 남자는 돈방석에 앉게 된다. 하지만 아예 약효가 전혀 없는 가짜 약을 생산하는 무리들과 똑같은 의심을 받게 되고 경찰의 추격에 내몰리는 위기에 봉착하자 일단은 멈춘다. 부자가 되었으니 혼자 잘 먹고 잘살면 된다.

그런데 지옥을 본다. 그가 목격하는 일상이 바로 지옥이다. 살기 위해서 죽어 가는 지옥. 약값을 대기 위해서 집이고 뭐고 모조리 팔아서 빈곤의 수렁으로 빠지는 삶. 차라리 치료 약이 없다 하면 단념할 텐데. 약은 있는데 약값이 없다. 분노와 설움 같은 것으로 달구어지는 그들의 눈빛이 지옥 불이다.

"제발 살려 주세요."
그는 변한다. 이 상황을 외면하지 않고 차라리 뛰어든다. 이번에는 돈이 목적이 아니라 구원이 목적이 된다. 그들을 살리고 싶다는 명분이 생긴 것이다. 이제 적극적으로 밀수를 시작한다. 판매 가격은 5백 위안(약 9만 원), 손해를 보면서 팔아치운다. 그들에게서 번 돈을 다시 돌려주려는 거다. 바로 이 지점, 이익을 구하지 않고 타인을 돌보는 마음의 지점에서 이 남자는 그만 위대해지고 말았다.

그러나 불법은 불법, 그의 구원 행각의 결과는 철창행이다. 그가 교도소로 호송되던 날, 도로변에는 마스크를 쓴 백혈병 환자들의 도열(堵列)이 부처님 오신 날의 연등 행렬보다 장관이었다. 과연 신의 경지다. 그에 대한 감사의 표시로 그가 지나치는 무렵에 마스크를 벗어 보이고 침묵으로 감사를 한다.

"당신 덕분에 이렇게 좋아졌습니다."

그런데 이 영화에서는 고가 약이나 희귀 약에 대하여 곱지 않은 시선을 보이는 것 같다. 마치 제약 회사에서 폭리를 취하는 것처럼 느껴진다. 약을 개발한 사람들의 혁혁한 공로는 어디로 간 것일까.

글리벡은 최초의 표적 항암 치료제다. 암세포만 딱 골라서 파괴하는 약이다. 부작용도 적고 효과가 뛰어나서 '5년 생존율'을 50% 미만에서 95% 이상으로 끌어올렸다. 하지만 만성 골수성 백혈병(chronic myeloid leukemia, CML) 환자는 전체 암 환자의 0.5%에 불과하므로 제약사의 입장에서는 손해를 감수하고 개발을 해야 했다. 즉, 오직 이윤만 추구하였더라면 아예 태어나지도 않았을 약이라는 말이다.

신약을 개발하는 과정은 형극(荊棘)의 길을 걷는 것과 같다. 한 가지 약물을 개발하기 위하여 최소한 10년 이상의 시간과 10억 달러(1조 원)의 비용이 든다고 보면 된다. 과연 어떤 물질이 새로운 약으로 탄생할 건가. 그 단초조차 건초 더미에서 바늘을 찾는 것처럼 어렵다.

기초 연구를 시작으로 후보 물질을 디자인하고 합성하여, 동물을 대상으로 전(前) 임상 시험을 거친 후, 사람을 대상으로 하는 3단계 임상 시험(1상~3상)을 통과하여야만 비로소 신약 신청을 하게 되고, 다시 판매 허가를 받게 될 때까지 어느 과정 하나 만만한 것이 없다. 인체에 미치는 영향을 극도로 치밀하게 검증하여야만 한다. 천신만고 끝에 겨우 허가가 나고 시판이 된 이후에도 지속적인 모니터링 결과 도태되는 경우도 많다. 개발 도중에 물거품이 된 신약은 얼마나 많으랴. 신약 승인이야말로 하늘의

별 따기다.

그에 대한 보상이 바로 특허일 것이다. 주로 소아들에게 흔한 난치병과 희귀 질환 등을 치료하는 약의 개발이 절실함에도 불구하고 시장성이 없으니까 다들 기피하기 때문에 정부가 개입을 하게 되었다. 1983년에 최초로 미국에서 도입한 희귀의약품법(Orphan Drug Act)은, 공익을 위하여 그런 약들을 생산하는 제약회사에게 7년 동안 마케팅 독점권을 부여하고 또한 임상 시험 기간에는 세금 감면을 해 주는 법규다.

그런 식으로 충분히 보상을 받아야만 다시 더 좋은 약을 개발할 여력이 생기지 않겠나. 만약에 괴질들이 출몰하는데 우수한 신약을 개발하려는 의욕조차 없다면 인류는 과연 어떻게 되나. 코로나 백신이 기적적으로 신속하게 개발될 수 있었던 것도 사실 지적 재산권 등을 보호받고 있다는 확신이 있었기 때문에 가능했던 일이라고 본다.

그들은 과연 폭리를 취하고 있는 것일까. 미술이나 작품 등의 어떤 가치를 논할 때 단순히 재료비를 계산하는 것이 아니라고 하였다. 예술이란 영혼의 고뇌까지 더하는 과정이리라. 신약 개발은 어떤가. 신약 개발 역시 예술의 영역에 있다고 본다. 인간의 고통을 구원하고 치료하는 사람들은 예술가로 불러도 좋다. 그토록 어렵게 탄생한 고귀한 약이 나의 손을 통하여 환자에게 제대로 전달된다면 그런 행위 또한 예술이리라.

물론 당신의 생각도 옳다. 더 좋은 약을 보다 저렴하게 취할 수 있어야 한다는 당신의 생각은 참으로 옳다. 하지만 악덕이나 폭리로 단죄하는 지점은 그리 간단하지 않다. 가난에 내몰린 자들의 신음에 대하여 고뇌하는 일도 숭고하지만, 약을 개발하고 공급하는 자들의 고통과 노고 또한 한없이 숭고한 거다.

보상이 없다면 헌신은 기꺼울 수 있을까. 자비로운 마음은 스스로 우러나는 것이라 강요할 수는 없을 것이다.

나는 영아다

문자가 왔다. 친밀한 내용이었지만 누군지 잘 모르겠다는 기분이 들어서 곤란하였다. "너 누구니?" 하기도 그렇다. 나의 침묵에 갑갑해진 그가 다시 문자를 보냈다.

"나는 영아다."

영아? 어느 영아. 세상에 딱 저만 혼자 그 이름인가. 확신이 서지 않으니 답을 하지 못했다. 시세 말로 씹었다. 그렇다고 그 문자를 싸악 날려 버리지도 못하는 애매함으로 짜증이 올라왔다. 상대방의 입장에서 자신을 소개하는 것이 최소한의 배려일 것이라는 어떤 불쾌함.

"나 기억하니? 같은 학과에 다녔고 종로의 어느 찻집에서 리포트를 함께 쓴 적이 있으며 졸업 후에 향장 회사로 취업을 하였는데."

수십 년 만에 불쑥 나타날 때는 이런 정도의 인증을 해 주어야 하지 않을까.

명절 인사를 보내오는 사람들의 문자도 그런 편이다. 전화부에 사람을 등재하기 좋아하지 않는 탓에 누가 누구인지 알기가 어려운 경우들이 생긴다. 그냥 가만히 있어 보기는 하지만 혹여 감사의 회신을 누락하는 결례를 하면 어쩌나 신경이 쓰인다.

'아, 이 사람이 그동안 나에게 맹맹하더니 속마음은 그렇지 않았나 보다' 하면서 반가운 마음에 덜컥 전화를 걸었다가 후회를 하는 경우도 있다.

"단체 발송을 했을 뿐인데 왜 이런 전화를 하는 거야?"

그 사람의 속마음이 그렇게 느껴지는 순간 어쩌면 증오가 일었다. 그 정도 그릇밖에 되지 않으면서 어쩌다가 그런 자리에 오르셨나. 그 사람이 처한 상황에 대한 고려도 없이 불쑥 전화를 한 나의 잘못은 모르겠고 홀대를 당한 나의 마음만 중한 것이다.

2003년, 대학에서 처음 강의를 하게 되었을 때 자유 선택 교양 과목으로 "약과 건강생활"이라는 강의가 주어졌다. 처음이란 쉽지도 않고 떨리기 마련. 몹시 긴장한 내가 한 일은 우선 두 가지다. "교양"이란 무엇일까 고민하는 것, 그리고 강의를 잘하는 법에 관한 책을 주문하는 것. 이후 학기가 열리고 첫 수업에 들어갈 때면 "교양이 무엇인가" 물어보곤 하였다. 그 쉬울 것 같은 질문에 정답이 있을 리도 없건만 교양에 대하여 생각해 보게 만든다는 것만으로 단번에 스승으로 격상되는 기분이 들었다. 아이들은 기대하는 답(答)을 거의 내어놓지 못했기 때문이다. 내가 생각한 정답은 "타인을 배려하는 것"이다.

이후 세상은 두 부류로 나뉜다. 교양이 무엇인지 한 번이라도 생각을 해 본 적이 있는 군(群)과 전혀 생각조차 해 본 적이 없는 군. 나는 오랫동안 전자에 속했으니 스스로 자랑스러울 텐데, 사실 그렇지 못하다. 늘 화가 난다. 타인을 재단할 척도를 하나 더 가지고 사는 것 같다. 손해를 보는 것 같은 기분이 들 때도 있다. 어떻게 그렇게 사느냐고 멱살을 잡고 싶은 기분까지 들면 정말 별로다.

공중탕에서 비누 거품을 마구 튕기는 것 정도는 진작 용서했다. 공중화장실에 버려진 생리 패드가 벌어져 혈흔이 낭자하여도 그러려니 하였다. 봉사 활동을 갔을 때 젊은 여자들의 긴 머리카락이 끔찍하게 널려 있던 탈의실 바닥도 이해하려고 했다. 상가

화장실에서 사람이 들어가 앉아도 될 정도로 큰 휴지통 바깥으로 하필 떨어져 있는 쓰레기들을 보아도 참으려 했다.

학생회관 근처 복사 코너 앞 화장실에 손을 닦으러 들어간 것이 잘못이다. 아주 잘 차려입은 한 여학생의 뒷모습을 보았다. 쓱 보아도 한껏 멋을 부린 모습. 아주 짧은 스커트, 유행을 따르는 양말, 물결치는 긴 머리. 그날은 비가 왔던가. 한 손에는 우산 그리고 한 손에는 책 더미. 화장실 문이 열려 있는 이유는 나도 모른다. 그리고 내 눈을 의심할 차례. 그녀의 한쪽 다리가 변기 옆으로 올라가더니 그 발로 밸브를 눌렀다.

공중화장실에 가면 이제부터 발로 눌러야 하나. 그 밸브를 매번 소독한 뒤에 손으로 눌러야 할까. 설마 그 아이가 다음에도 그러지는 않겠지. 그날은 하필 양손이 묶인 것이지. 아무리 그렇지만 화장실 문을 닫은 후에 그랬을 정도의 수치는 간직하고 살아야 하지 않겠나.

그 충격에서 헤어날 무렵 섬진강 휴게소에 들르게 되었다. 언제부터인가 사람들은 서로 길을 비켜 주려는 예의 따위 모른다. 가슴을 펴고 다리는 쩍 벌리면서 내가 가는 길을 막지 말라는 식으로 걷는다. 고속도로 휴게실에서 더 자주 볼 수 있는 풍경이라서 나는 죄지은 사람처럼 비켜 가거나 사람이 적은 쪽으로 다닌다.

하지만 피할 수 없다. 화장실 칸에서 나온 그 여인은 결혼식이라도 다녀오는지 성장(盛裝)을 하였음에도 남기고 간 냄새는 더럽고 추했다. 우리 엄마는 늘 강조하셨다, 보이지 않는 곳이 더 아름다워야 한다고. 변기에 앉아 잠시 엄마 생각이 간절하다. 나만 이런가, 당신은 괜찮은가. 이 모든 것들을 고치고 싶다. 바꾸고 싶다.

그들의 폭력. 어떻게 저럴 수가. 그런 마음이 들면 가해(加害)를 당한 것만 같다. 날이 갈수록 가슴도 넓어지고 마음도 깊어지는 줄 알았는데 성질만 더러워지는 것 같다. 그들에게 충고를 할 수 없다는 사실. 섣불리 충고를 하다가는 진짜로 칼에 찔릴지도 모른다는 불안.

하지만 난들 폭력을 당하고만 살겠나. "나는 영아다." 이제 그 친구는 연락이 없다. 답장을 하지 않았으니 나도 어쩌면 영아에게 폭력적인 것이다. 그 사람을 잃고 말았을지도 모른다. 하지만 친한 척 다가오는 사람들이 대개 위험하다는 것을 경험해 본 적이 있는 당신은 나를 이해하실 것이다. 그가 누구인지 모르는 한 답장을 할 수는 없다.

나르비크를 위하여

'나르비크'는 노르웨이의 북부(北部)에 자리한 소도시다. 인구 2만여 명에 불과한 이 지역이 철광석 운반의 요충지로 유명해진 다. 스웨덴이 철광산을 개발하였지만 발트해(海) 연안의 항구를 이용하려면 거리가 먼데다가 겨울에는 운항을 쉬어야 하는 문제가 있었다. 거기에 비하여 나르비크는 철(鐵)의 산지와 가까우면서 북대서양 해류(海流)로 인해 바닷물이 얼지 않는 부동항(不凍港)이었다. 그래서 스웨덴에서 나르비크로 연결되는 철로를 건설하여 철광석을 운반하는 항구로 이용하게 된 것이다.

빙하(氷河)의 침식에 의해 형성된 피오르(Fijord)에 면한 이 아름다운 도시가 제2차 세계 대전(1939년~1945년)의 격랑에 휩쓸린 다. 노르웨이는 중립을 선언하였고, 나르비크는 철광석을 공정하게 배분하려고 한다. 하지만 독일의 군수 제품에 쓰이는 철광석의 대부분이 스웨덴으로부터 공급되니, 영국의 입장에서는 독일로 가는 철광석의 흐름을 막는 것이 무엇보다 시급하였고, 독일로서는 우선 나르비크를 차지하여야 했다.

영화 〈나르비크, Narvik: Hitler's First Defeat〉는 독일이 이 항구를 점령하는 과정에서 한 개인의 삶이 어떻게 훼손되는지 잔잔하면서도 신선한 방식으로 보여 준다. 독일이 나쁘고 영국은 좋다는 식의 접근이 아니라, 인간의 실존에 대한 질문을 던지는 점이 돋보인다. 사는 일이 부당함의 연속이라면 무엇을 위하여 목숨을 바치며 누구를 위해 살아남을 것인가. 대의를 따를 것인가, 우선 살고 볼 것인가. 그런 생각들을 하게 만든다.

1940년 4월 8일, 영국은 노르웨이 해안에 기뢰를 설치한다. 그날, 노르웨이 경비대가 나르비크에 파견되지만 그들은 '중립'의 힘을 믿고 평온한 상태다. 나르비크의 시장(市長)은 로얄 호텔에서 독일과 영국 등의 대표들과 협상을 한다. 철광석 운반이 절대로 안전하다는 것을 각국 정부에 잘 전달해 달라고 호소를 한다. 그 호텔의 직원인 '잉리드'는 차(茶)를 나르다가 즉석에서 독일 영사의 통역관 노릇을 하게 된다.

하지만 독일은 간단한 통첩만으로 입성한다. '영국과 프랑스가 덴마크를 침공하려 한다는 첩보를 입수했다. 이에 우리 독일이 이

웃 우방국인 덴마크를 지켜 주기 위하여 급히 파병했으니 이를 허용해 달라'고 했다. 노르웨이 경비대는 백기 투항한다. '도시를 가루로 만들 위험은 일단 피해야' 한다는 사령관의 지시에 따른다.

그 호텔에도 독일군이 들이닥친다. 그녀는 영국 대사의 방(房) 열쇠를 내놓으라는 명령에 순순히 응한다.

"제가 잘못했나요?"

"아니지. 저들은 어쨌든 열쇠를 빼앗을 것이고, 우리는 이 분쟁을 해결할 힘도 없고, 그저 호텔만 운영하면 되는 거니까."

다른 직원들이 저항할 때 그 열쇠를 선뜻 건네준 그녀는 '자발적인 협조자'이자 '우리에게 협력하는 가치를 아는 분'이 되어서 독일 영사의 신임을 얻는다. 그는 '당신들의 친구로서 왔고 영국으로부터 당신들을 지키려고 하는 것이니 무기의 사용을 조심할게요'라는 식으로 그녀를 달래며 환심을 사려고 한다. 하지만 그녀는 영국을 도우는 사람이다. 영국 대사에게 산속의 오두막을 은신처로 알려 주었다.

그녀의 남편 '군나르'는 노르웨이 경비대의 일원이다. 독일이 나르비크를 점령하려는 이유는 오직 철광석 때문이니, 그 철로를 파괴하여 독일의 산악(山岳)사단을 막아 보려고 한다. 그 다리를 폭파하는 데 성공한 그는 그 자리에서 독일군의 포로가 된다.

"남편이 나르달 다리에서 잡혔어요, 혹시 죽게 되나요?"
"우리는 야만인이 아닙니다."

그녀는 독일 영사의 그런 말에 의지하고, 그는 장군에게 잘 말해 보겠노라고 한다.
수심이 가득한 그녀를 영국 측에서도 호출한다. 그 오두막으로 반드시 와 달라고 한다.

"독일 영사는 당신에게 푸욱 빠진 것 같던데?"
"글쎄요……. 저는 그렇지 않아요."

(당신은 상당히 위태로운 처신을 했더라고요, 남편이 체포된 걸 고백하다니. 물론 독일 영사를 유혹하려는 계획이라면 말이 다르지만요. 당신은 독일군의 신뢰를 얻을 좋은 처지에 있는 사람이라서 당신이 필요해요. 만약에 이 제안을 거부한다면 적(敵)과 내통하기를 맹세했다고 추정할 수밖에 없어요. 우리는 세계 최강의 해군을 자랑하지만, 나르비크 해방을 위한 육지 상륙이 불가능한 상태라서 독일군 포대의 위치를 알아야만 해요. 당신이 도시 방어 계획의 정확한 정보를 빼내어 와야 해요.)

그런 일을 어떻게 해야 하나. 무거운 마음으로 집에 당도할 즈음 영국의 군함이 독일의 군함을 폭격하기 시작한다. 혼비백산하여 방공호로 대피하면서 어린 아들이 묻는다.

"그럼 영국도 나쁜가요?"
"아니. 영국은 우리를 도우려고 온 거야."

그런 와중에도 부상당한 병사들을 보살피는 그녀에게 사람들은 말한다.

"독일군 좀 그만 도와."

그런 혼란을 틈타 독일군 포대의 위치를 표시한 지도를 손에 넣은 그녀는 그 오두막으로 간다. 그 좌표는 즉시 무전으로 전달되고 그녀가 먼 길을 돌아서 집에 당도할 무렵에 영국의 지독한 폭격이 시작된다. 바로 그녀가 그 공격 지점을 유도한 거다. 그 결과, 군나르의 아버지는 즉사하고 아들의 가슴에는 파편이 박힌다.

군나르는 상륙 작전을 개시하던 프랑스와 폴란드 연합군에 의해 구출된다. 그의 아버지가 손자 곁에서 머리통이 깨져 즉사한 소식을 듣고도 달려갈 수가 없다. 먼저 독일군의 산악 기지를 탈

환해야만 한다. 그 기지를 탈환한 후에야 개선장군처럼 돌아갈
수 있다.

그녀는 지하 방공호에서 아들을 지키지만 매달릴 사람은 독일
영사뿐이다. 하지만 독일군 부상병이 넘쳐나는 상황에서 수술할
의사를 구할 길이 없다. 무엇을 팔면 아들을 구할 수 있을까.

"영국 영사가 있는 곳을 알려 줄 수 있어요."

그들의 은신처를 밀고(密告)하는 그 순간, 그녀는 적군에게 몸
을 판 여인의 격이 된다.

독일 영사는 그녀를 챙긴다. 저와 베를린으로 갈 생각은 없
나요? 저는 독일인이 아니에요. 하지만 곧 전부 독일에 편입될걸
요. 세상이 바뀌고 있어요. 아주 빠르게 히틀러의 승전이 들려
오고 있으니까요. 하지만 전 혼자가 아니에요. 당신의 남편은 사
망했어요. 아드님의 수술 중이라 사망자 명단을 보여 줄 수가
없었습니다.

남편이 무사히 돌아오기만 기다리고 있던 그녀는 무너진다.
"이제 더는 못 견디겠어요."
"너는 이 도시를 떠나야 해. 다들 수군대고 있어."

"왜요?"

"사람들은 원래 그렇지 않니. 분풀이할 대상이 필요한 거지. 거기다가 독일군도 떠나고 있으니까 너의 친척들이 있다는 북쪽으로 가야 해. 이건 자네의 급여야, 잉리드."

사람들이 던지는 애매한 돌멩이도 깊은 상처를 줄 것이다. 자신이 독일에 부역한 사람으로 매도당하는 그 시점에 기적처럼 군나르가 돌아온다. 그 기쁨과 감격의 포옹은 잠시, 그는 그녀를 의심하고 비난한다.

"독일 놈과 잔 거야?"

"네가 싸우는 그 전투 때문에 우리 아들을 죽게 놔두었어야 해? 차라리 돌아오지 말지!"

서로 격하게 다투는 중에 이번에는 독일의 공격이 덮친다.

"이것이 네가 도운 독일이 보내는 감사의 표시야."

"왜 우린 반격하지 않는 거야? 공습을 막겠다던 영국 놈들은 어디 갔어?"

"영국군이 떠난 건, 자기 나라를 지키기 위해서야."

그 도시를 떠나려는 아내를 비난하면서 군나르는 끝까지 조국을 지키려는 신념을 따르고자 한다. '이제는 그 어느 때보다 기꺼이 희생을 각오할 사람들이 필요한 순간이 왔다. 그런 각오로 자신의 소중한 것을 위해 싸울 때'라는 노르웨이 군대의 기치를 따라 그 대열에 합류한다.

"저리 비켜, 바다에 빠트려도 모자랄 년."
"독일군에게 도와 달라고 해."

그녀가 배에 오르다가 쏟아져 벌어진 트렁크를 여미며 사람들의 발길에 채이고 있을 때, 떠난 줄만 알았던 그가 나타나 조용히 그녀의 손을 잡는다. 말없이 바다를 바라보는 그들을 태운 배는 그 항구를 떠난다.

제2차 세계 대전에서 히틀러가 최초로 패배한 전투로 알려져 있는 나르비크 탈환은 잠시였고, 다시 독일의 공격이 거세지자 영국과 프랑스는 노르웨이에 아무런 통보도 하지 않은 채 철수해 버렸다. 홀로 남아 저항하던 노르웨이는 1940년 6월 8일에 독일에 항복하였다.

나는 늘 궁금했다. '우리도 중립국으로 살면 되지 않나. 어느 쪽의 침략도 받지 않는 안전지대로 남으면 될 텐데, 이념의 회오리 속에서 불안하게 살아갈 일이 뭔가?' 하지만 중립이란 '무력함'과 상통하는 말이다. 그건 상대의 흑심(黑心)과 야욕 앞에서 바로 물거품이 되는 거다. 그렇다면 힘이 센 친구를 두는 일은 어떨까. 예를 들어, 프랑스가 미국에게 물었다 한다. 뉴욕이 공격당하는 중에 과연 파리를 구하러 올 수가 있겠느냐고. 별로 신통한 답이 돌아오지 않으니 프랑스는 핵무장을 하였다.

그러니까 중립이란 무력한 선택이고, 강한 우방(友邦) 역시도 자신들이 먼저 살고 볼 일인 거다. 전쟁은 절대로 피해야 하겠지만, 상대방의 선의(善意)에 의지하거나 친구의 우정만 믿으며 태평하게 지낼 수는 없다. 결코 만만하게 보이지 말 것. 감히 넘볼 수 없는 힘을 길러야만 한다.

'애국심이란 가장 사악한 자들이 내세우는 미덕'이라는 말을 곰곰 생각해 보면 침략에 맞서는 일이 덧없어 보이지만, 그렇다고 우크라이나가 러시아에 즉각 무릎을 꿇어야 하는지 모르겠다. 지금도 이 전쟁에서 포로들의 손톱을 뽑거나 쇠막대기로 구타하는 등 중세 시대에 버금가는 인권 유린이 자행되고 있지만 사실 러시아는 체첸, 몰도바, 시리아 등에서 전쟁 범죄를 저지르고도 처벌을 받은 적이 없다고 한다. 이런 식이면 그들이 원하면 무엇이든 할 수 있다고 믿게 되는 악순환이 반복될 것이다. 즉각 항복을 하면 조국이 사라지고, 끝내 저항하면 무고한 사람들이 죽어 나간다. 우선 살고 볼 일인지 기어코 싸워야 하는 건지 정말 모르겠다. 제발 그런 선택을 해야 하는 순간이 오지 않기를 바랄 뿐이다. 이 얼마나 무력한가. 그렇다면 무엇을 할 수 있을까.

다이아몬드 레벨

　말쑥한 차림의 그가 혼자 약국에 왔을 때, 그의 가족의 단골 약사인 나는 그의 말을 잘 들어 주고 싶었다. 그의 설명에 의하면, 그가 소개하는 제품들을 구입해서 사용하면서 또 다른 사람에게 소개를 하면 그 사람 역시 다른 사람을 소개해 주는 방식으로 놀랍게 퍼져 나가서 그들은 모두 나의 하부(下部) 조직이 되고, 그들이 소비하고 구입하는 제품 때문에 발생하는 이익의 일부가 평생 누적된다는 설명이었다. 그렇게 별다른 노력도 없이 내가 거느린 조직은 점점 비대해져 가고 저절로 부자가 되면서 결국 신(神)처럼 높은 정점인 '다이아몬드 레벨'에 오른다는 이야기였다.

　세상 물정을 잘 모르는 풋내기 약사 시절이었지만, 별로 내키지 않았다. 하지만 얼마나 다급하면 부모님도 모르게 직접 왔을까. 그의 마음을 아프게 하고 싶지 않았다. 그래서 서류를 작성해 주고 제품을 구입했다. 주로 세제나 휴지 등이 주종을 이루었는데 그중 비싸다 싶은 화장품 몇 개를 사 주었다. 내키지 않으면서 구입한 것이라 그런지 손이 가지 않았다. 딱 한 번 바르고 처박아 두었다가 버리고 말았으니 얼마나 아깝고 속상했는지 모른다.

그에게도 딱한 사정이 있었을 것이라는 생각으로 마음이 누그러지던 무렵에, 친한 선배가 그런 방식을 권했다. 미국에서 선풍적인 인기를 끌고 있는 판매 기법이라고 하면서 한 달에 천만 원 이상의 돈이 저절로 통장에 들어오는 건 일도 아니라고 하였다. 주변의 의사 등등 전문직군에도 많이 파급되었다고 말하는 그의 체면을 봐서라도 당장 응해야 했지만 그러지 못했다. 그 선배의 제안을 거절하려니 미안하고 불편한 상태가 정말 싫었다.

그들은 부자가 되었을까. 수십 년이 더 흘렀지만 그런 일로 돈방석에 앉았다는 이야기를 들어 본 적이 없다. 그런 상술은 사기였다고 확신하고 아무런 미련도 없다. 피라미드 기법을 쓰는 회사의 이름만 들어도 짜증이 난다. 그런 제안은 가까운 사람의 관계를 불편하게 만들 뿐이다. 나만 빼고 다들 부자가 된다 하더라도 후회하지 않겠다. 나하고는 상관없는 일이다. 그렇게 마음을 정하고 살았다.

지난봄, 평소 아주 성실하다고 여기고 있던 어느 부부가 그런 사업에 푹 빠져서 찾아왔다. 오랫동안 친하게 지낸 고객이니 웬만하면 들어 주어야 했다. 그런 기법은 눈부시게 진화하고 상품도 다양해지고 인터넷 판매망까지 확산되었나 보다. 하지만 그 원리는 똑같았다. 일단 내가 가입한 후에 주변 사람들에게 그 상품을 써 보니 너무 좋더라고 가입을 권하는 방식이다. 그렇게 하면 가만히 있어도 점점 부자가 된다는 것이다. 그리고 대기업 제품들을 소비할수록 대기업의 배만 불려 주는 노릇인데, 그 마진을 소비자 스스로 챙겨 먹어야 한다는 논리까지 강화되었다.

오히려 그들을 설득해 보고 싶었다. 그런 건 선택의 자유를 억압한다는 것을. 그 제품 리스트에 있는 것만 평생 사용하고 살아야 혹시 부자의 발바닥에라도 닿을 것 아닌가. 그런 것이 바로 구속이다. 생필품 정도는 이것도 한 번 써 보고 저것도 한 번 써 보면서 살아가고 싶지 않느냐. 하지만 그들의 마음을 다치지 않게 하면서 설득하기가 쉬울까.

그들은 상급자라는 사람과 함께 다시 약국을 방문하였다. 그는 최상급 흰색 벤츠를 몰고 온 젊은 여인이었다. 그 차의 가죽 시트는 안락하고 부드럽게 출렁였고, 어느 고급 아파트의 펜트하우스에 산다는 그녀의 달변과 명품으로 치장한 차림새를 보노라면 중심을 잃고 그들에게 휩쓸릴 것 같았다. 가만히 있어도 부자가 된다는 것. 얼마나 즐거운 상상인가. 그냥 가입하면 간단할 것을, 버티고 있으려니 외로운 기분마저 들었다.

그럴 때는 〈플로리다에서 신이 되는 법, *On Becoming a GOD in Central Florida, 2019* 〉을 보면 좋다. 이것은 미국의 10부작 티브이 시리즈인데, 다단계 회사의 수법과 그에 휩쓸린 개인들의 몰락(沒落)을 적나라하게 보여 준다. 하위 단계에서 상위 단계로 올라가려고 몸부림치는 절박함과 허망함이 잘 묘사되어 있다. 극한 대출을 받아 겨우 화려한 생활을 지탱하고 있으면서도 주변 사람에게는 그 사업의 수익으로 사치를 누리는 것처럼 선전하는 경우도 놀랍다. 보잘것없는 직장을 당장 때려치우고 이 환상적인 사업에 적극 매달리는 유형은 대부분 순진하거나 열정적인 사람들이라는 사실도 슬프다.

이 드라마를 보는 동안, 그 부부를 꿈에서 깨도록 해 주고 싶다는 마음이 가득했다. 과연 말릴 수 있었을까. 그렇지 않다. 도저히 말릴 수 없다는 생각이 들었다. 말리려고 하면 할수록 우리 사이는 멀어질 것이다. 이미 세뇌당해서 꿈을 꾸고 있는 사람은 깨어나고 싶은 생각이 전혀 없는데 어떡하나. 몇 가지 걱정과 사례를 검색하여 조심스레 전달을 해 보았지만 먹힐 리 없다. 자신들이 속한 그 업체만은 절대로 다르다고 생각하는 것이 정말 문제다.

그들은 교묘하게 포장을 한다. 빌 게이츠도 네트워크 마케팅을 하고 싶어 했다는 식의 루머를 동원하거나 자신들은 정직한 네트워크 판매 업체이기 때문에 아무런 문제가 없다고 한다. 하지만 그건 단순히 한글과 영어의 차이에 불과하다. 방문 판매법에 따르면 그 두 가지 모두 "다단계 판매"로 동일한 거다. 네트워크 마케팅 역시 다단계다. 그러니까 일단 실태를 충분히 파악한 후에 다이아몬드급 반열(班列)에 오를 인생의 목표를 세워도 늦지 않다. '공정거래위원회' 사이트에 접속하여 그 목록과 실적을 열람해 보면 된다. 절대다수의 업체가 얼마나 비참한 상황에 놓여 있는지 확인할 수 있다.

그 부부는 어느 날 저녁 산책길에 약국에 들러서 근황을 들려주었는데, 동네 어르신들이 그들의 제품을 복용한 후에 무릎 통증이 호전되어서 인기가 뜨겁다는 이야기였다. 그것은 도대체 무엇으로 만들어졌기에 그런 효과가 있더란 말인가. 설령 세상의 모든 노인들이 그것을 복용한다 치고, 그 상품 대금의 전액(全額)이 즉석에서 수익(收益)으로 잡힌다 하더라도 대관절 얼마나 팔아야 다이아몬드처럼 빛나는 신의 경지에 오를 수 있을까.

하지만, 일확천금이나 불로소득의 꿈을 꾸는 사람을 말릴 수 없다. 무언가에 사로잡힌 그동안은 가슴 두근거리며 살아갈 것이다. 일몰(日沒) 전의 불타는 석양. 그 덧없는 붉은 광휘에 사로잡힌 상태가 인생의 최상급(最上級)일 수도 있다. 사실은 나도 그들에게 가고 싶은 유혹을 느끼고 있는 건지도 모른다. 일벌을 거느린 여왕벌로 살아갈 수 있다는 이 달콤한 그림은 얼마나 아름다운가.

당신이란 사람 못 견디겠어요

'황금종려상'은 프랑스 칸 영화제 최고상이다. 그해 최고의 작품을 낸 감독에게 주어지는 영예이니 챙겨 볼 가치가 있다. 그 가치란 고정 관념을 뒤엎어 이해의 폭을 넓혀 준다는 점이 아닐까 싶다. 사실 다르게 생각해 본다는 건 즐겁지도 않고 오히려 용기를 필요로 할 텐데.

2014년 수상작인 터키 영화 〈윈터 슬립, *Winter Sleep*〉의 상영 시간은 3시간 16분이다. 196분 동안 카파도키아의 암벽 호텔을 중심으로 펼쳐지는 낯선 풍광과 신랄한 설전에 빨려들게 된다. 영화가 끝나면 뺨을 맞은 것 같은 기분이 든다. 위선의 겨울잠을 깨우는 일격에 당황스럽다.

'니할'은 남편과 소통이 어려운 상태로 자선 사업에 열중하며 살아가는 인물이다. 남편이 이스탄불로 떠난 겨울밤, 세입자를 방문하여 집 한 채 값이라 할 거금을 건네며 화해를 청하는데 그 돈다발을 난폭하게 헤집으며 '이것은 아들의 자존심', '이것은 아비의 자존심'이라며 바로 그녀의 눈앞에서 난로에 휘익 던져 버리던 장면은 정말 놀라웠다. 거칠고 사나운 그의 자존심은 문틈으로 지켜보고 있던 아들을 밝히며 환하게 불타올랐다. 어떤 폭력보다 무서운 지경이었다.

그녀의 시누이가 들려주는 말은 이렇다.

"니할은 무슨 수호천사인 척하지만 사실은 아무런 일도 안 하지. 자선이란, 굶주린 개한테 뼈다귀를 던져 주는 것이 아니라 자기도 배가 고플 때 남과 나누는 거야."

이 영화는 안톤 체호프의 단편들을 모티브로 하고 톨스토이, 도스토옙스키, 볼테르 등의 영향을 받은 대사들로 넘친다. 셰익스피어의 4대 비극 중 하나인 '오셀로'는 그 호텔의 이름이다. 유산으로 물려받은 자산들을 지키며 지역 신문에 칼럼을 기고하는 부르주아 엘리트의 서재에는 셰익스피어의 〈안토니우스와 클레오파트라〉, 알베르 카뮈의 〈칼리굴라〉 등의 연극 포스터가 걸려 있으며, 극적인 장면마다 슈베르트 피아노 소나타 20번 2악장이 흐른다.

그런 인문학적 장치들도 풍성하지만 가난한 세입자의 흐트러진 정원, 지주에게 사과하라고 강요당하는 아이의 혼절, 포획된 야생마의 필사적인 저항, 아끼던 찻잔을 깨트린 하녀를 용서하기 어려운 마음 등 섬세한 은유와 냉혹한 질문들이 가득하다.

셰익스피어 '리처드 3세'의 양심에 대한 인용도 좋다.

"양심이란 겁쟁이들이나 쓰는 단어로, 본디 강자를 위협하고자 만들어 낸 말이다. 우리의 튼튼한 팔이 우리 양심이고 칼이 우리 법이니라."

"자네가 인용한 구절에 대해 화답하겠네. 우리는 반드시 속을 운명. 온갖 시도도 부질없으리. 매일 아침 근사한 계획을 세우고는 종일 빈둥거리지."

정작 내가 뜨끔했던 대사는 젊은 아내가 늙은 남편에게 눈물을 글썽이며 연이어 퍼붓는 장면에 있다.

"양심이며 도덕, 이상과 원칙, 삶의 목적, 당신 입에서 자주 나오는데 남의 자존심 상하게 하고 폄하할 때만 쓰더군요. 하지만 누구나가 그런 단어를 당신만큼 많이 쓴다면 그 사람이야말로 의심스러워요."

"당신이란 사람 못 견디겠어요. 이기적이고 심술궂고 냉소적인 성격, 그것이 당신 죄목이에요. 당신은 많이 배우고 정직하고 공평하고 양심 바른 분이에요. 대체로 그런 성격인 것을 부정하고 싶지 않지만 때로는 그런 장점으로 남을 옥죄고 짓밟고 남한테 굴욕감을 줘요."

당신이란 사람 못 견디겠어요, 이런 말은 곰곰 씹을수록 가슴이 아프다. 나는 그런 사람이 아니다. 누군가의 미움을 받을 이유가 없다고 생각하며 살아간다. 하지만 그런 생각조차 자만이거나 교만일 수 있다. 짐작조차 하지 못한 이유로 누군가의 미움을 받을 수 있다는 사실을 진심으로 수긍한다면 과연 나는 달라질 건가. 이런 생각이 바로 변화의 시작이리라.

독사(毒蛇)와 모가돈

이 영화는 '비키니 살인'의 실화를 바탕으로 제작되었으니 그는 실제 인물이다. 〈더서펀트, The Serpent, 영국 BBC, 8부작, 2021년〉 이 제목은 '큰 뱀'이나 '구렁이'라는 뜻이지만 여기에서는 어느 연쇄 살인범의 별명을 말한다. 그는 사악하고 지독한 사기꾼이어서 일단 그에게 찍히면 살아남기가 어렵다.

치명적인 독을 지닌 뱀과 같은 인물인 그는, 인도계(係) 아버지와 베트남계 어머니 사이에 태어난 혼혈의 남자다. 비록 프랑스 시민권을 가지고 있지만, 태국의 방콕을 중심으로 아시아의 남쪽 나라들을 넘나들며 먹이 활동을 한다. 인도와 네팔과 파키스탄 등지의 히피 여행객들을 공격한다. 목표물에 접근할 때는 사려 깊고 신사적인 매너를 다하며, 자신을 사진작가라고 소개하거나 보석 중개인이라고 할 때도 있다. 친밀하게 다가가 좋은 친구가 되면서 슬쩍 음료수에 약을 탄다. 곧이어 왈칵 구토를 시작하고 정신이 혼미해진 먹잇감을 숙소로 데려가서 보살펴 주는 척, 여권과 귀중품과 돈을 갈취한 후에 강물에 던지거나 산속에 유기하는 수법을 쓴다.

그런 범죄의 배경에는 '히피(Hippie)' 문화의 유행이 있었을 것이다. 기존의 질서를 부정하고 자유와 평등을 중시하면서 '비틀즈'의 영향까지 더한 당시의 사회 분위기는 '히피 트레일(Hippie trail)'에 불을 지폈다. 동양 문화에 심취한 서구의 젊은이들이 터키의 이스탄불을 건너서 이란, 레바논, 아프가니스탄, 인도, 네팔, 태국의 방콕까지 주로 버스를 이용하면서 현지인들과 어울려 지냈고, 가능한 한 저렴한 비용으로 최대한 오랫동안 여행을 하려고 했다.

그들은 왜 독사의 목표물이 되었을까. 자유분방한 삶의 이면에는 현실에 단단하게 뿌리내리지 못하는 외로움이 스며들어 있는 건지도 모른다. 그런 약점을 포착하는 순간 독사의 혀는 길게 날름거린다. 그들의 여권과 보석과 여행자 수표 등을 꿀꺽 삼키면 삼킬수록 그의 재력은 불어나고 영향력 있는 인물로 비대해진다. 여권의 사진을 조심스레 떼어내고 그 독사의 사진을 착 붙여서 위조하는 순간, 그는 자유자재로 국경을 넘나들며 다양한 인물로 행세를 할 수가 있다. 그런 식으로 장군의 딸과 혼담이 오갈 정도로 권력에도 접근한다.

그의 말은 모조리 거짓이다. 평생 단 한순간도 정직한 적이 없다. 세상의 어떤 악인에게도 인간다움이 단 한 조각이라도 남아 있다고 믿는다면 바보 천지가 될 것이다. 설마 어느 한순간만이라도 인간적인 면모를 보여 줄 것이라고 믿으면서 이 드라마를 끝까지 본 나야말로 정말 멍청했다. 그는 인간이 아닌 독사다. 인간의 피를 가진 자가 아니다.

그 차갑고 싸늘한 남자와 한 여자는 사랑에 빠진다. 캐나다 퀘벡 출신의 그녀는 이 남자의 아름다운 말을 믿는다. 그는 냉혹한 사람이었다가도 필요한 순간 멋진 유혹의 말을 바치는 능력이 빼어나므로, 그의 청혼을 받아들이고 그가 준 큼직한 사파이어 반지를 끼게 된다. 그의 추악한 실체는 이내 들통이 나지만 오히려 그녀는 그의 앞잡이가 되고 보호막이 된다. 그 남자의 가슴이 잠시라도 뜨거워질 순간을 애타게 기다린다. 자신을 사람답게 안아 주기를 기다리는 세월 속에서 그의 살인을 방조하고 거들게 된다.

불에 탄 여행객의 시신 두 구가 발견되자, 그들의 국적이 호주라고 보도되지만 사실은 네덜란드다. 관광객들이 사라지는 건 그리 대단한 일도 아니어서 흐지부지하는 분위기이지만 단 한 사람은 그 실체를 밝히려고 혼신의 힘을 다한다. 그는 방콕 주재(駐在) 네덜란드 대사관의 3등 서기관 신분이다. 그는 형사도 아니고 경찰도 아니지만 의로움에 대한 소명(召命)을 저버리지 않는다. 만약 그의 분투(奮鬪)가 없었더라면 이 살인마의 정체는 드러나지 않았을 테다.

인터폴과의 공조(共助)로 이 독사는 인도에서 극적으로 포획된다. 하필 인도는 사형 제도가 없는 나라가 아닌가. 그리고 형기를 다 채워 갈 무렵, 그는 의도적으로 탈옥을 한 후 스스로 자수를 하는 수법으로 다시 인도에서 형(刑)을 더 살게 된다. 결국 그 독사의 치밀한 계산대로 정작 사형 제도가 있는 태국에서의 살인에 대한 공소 시효는 만료되고, 체포 영장도 만료되고 말았다.

그의 진짜 이름은 '찰스 소브라주'. 만기 출소한 그는 프랑스 여권을 새로이 발급받고, 티브이 쇼에 출연하는 유명 인사가 된다. 강탈과 살인을 저지를 때의 신분은 늘 자신이 아니었다. 타인의 여권을 소지하고 행한 범죄는 그 여권의 주인이 바로 범인일 뿐. 그러니 절대로 사람을 죽였다고 자백할 리가 없다.

세간(世間)의 충격이 가라앉고 인기가 시들해지자 그 독사는 네팔의 카트만두 공항에 등장한다. 행여 체포된다 하더라도 증거가 없으니 곧 풀려날 거라고 생각했겠지만, 그런 계산은 교만한 거다. 그 서기관의 결정적인 제보로 실체가 드러나는 바람에 네팔에서 종신형을 받고 수감 중이다. 그는 태국에서 열네 명 이상 살해했으며, 자백하지 않은 건(件)을 감안한다면 스무 명 이상 살해한 것으로 추정된다.

이 영화에서는 흰색 알약 몇 정을 유리컵 바닥으로 으깨는 장면이 자주 등장한다. 바로 그 알약이 '모가돈'이다. 특히 여행객의 술이나 음료에 타서 정신을 잃게 만드는 그 약(藥)의 성분은 '니트라제팜'으로, 지속성 벤조디아제핀 계열의 최면제다. '모가돈'은 그 독사의 치명적인 독침이자 강력한 무기가 되어 약취 유인과 살인 행각을 자유롭게 한다.

그리고 사람을 노예처럼 부려 먹을 때도 쓰인다. 방콕에서는 이질에 걸리면 약국에서 '카오펙테이트'를 살 수 있는데, 그것은 카올린과 펙틴 성분이 함유된 하얀색 가루약이다. 거기에 '모가돈'을 빻아서 잘 섞어 두고 배탈 설사를 낫게 해 주는 약이라고 속여서 장기 복용을 유도한다. 복통이 낫는다고 하니 계속 그 약을 먹어야 하고, 돈과 여권은 어디론가 사라져 버렸는데 숙식을 무료로 제공받고 있으니 고맙고 미안한 마음으로 청소를 거들면서 노예처럼 살아가게 된다. 뒤늦게 덫에 걸렸음을 알아챈들 두려움 때문에 탈출할 엄두조차 내기 어렵다.

설마 우리나라에는 그런 독사가 살지 않겠지? 최근 어느 골프장에서 동반객의 커피에 '로라제팜'을 타서 몽롱한 상태로 내기를 하게 만들어 오천만 원 이상을 뺏은 사건이 있었다. 손님이 권한 약을 탄 술을 마신 여종업원이 이튿날 시신으로 발견된 경우도 있었다. 우리 약국에는 불면증과 공황 장애를 호소하던 환자가 있었다. 그녀는 직장 회식 후에 노래방에 갔을 때 좀 더 재미있게 놀 수 있다고 하면서 동료가 권한 무슨 약을 탄 술을 조금 마셨는데, 그 이후 심장이 터질 것 같고 잠을 잘 수가 없고 불안해서 견딜 수가 없다고 하였다. 그러니까 우리도 안전하지 않다.

그런 수렁에 빠지지 않으려면 어떻게 해야 하나. 늘 조심하고 경계하며 살아간다 하지만, 달콤한 유혹과 솔깃한 제안 자체가 분별(分別)을 잃게 만드는 속성의 것이 아닐까. 이 영화를 본 후에는 어쩐지 맹독성 뱀을 감별하기가 한결 쉬워진 기분이 든다. 이 독사 같은 남자와 흰색 알약 '모가돈'을 떠올리면서 도처에 널린 삶의 위험을 피해 갈 지침을 얻은 것 같다.

메마른 정원

그는 정원을 가꾸기 좋아하는 평범한 남자다. 그리고 영국 대사관의 고등(高等)무관이다. 어느 날 그가 단상에서 상사의 강연 원고를 대독(代讀)하였을 때, 객석의 그녀가 질문을 던진다.

'정부는 왜 바뀌지 않는가?'
'우리는 시키는 대로 한다.'
'개(犬)들도 그렇게 하지 않나, 주인이 시키는 대로.'

그녀의 기세에 눌려 청중들이 슬금슬금 빠져나간 후, 오히려 모욕을 당한 그 남자가 다가가 슬퍼하고 있는 그녀를 위로해 준다. 그렇게 함께 차를 마신 그날, 그녀의 침대에서 서로에게 귀한 선물(膳物)이 된다. 그리고 그가 케냐 대사관으로 발령이 나자, 자신도 아프리카에 데려가 달라고 조른 그녀는 그의 아내가 된다.

결혼의 안락한 테두리는 그녀의 혈기를 잠재우지 못한다. 그는 정돈되고 조용한 삶을 지향하는 반면에, 그녀는 더 나은 세상을 위해 투쟁하는 성향을 가진 인물이다. 사랑하는 남편의 삶을 존중하면서도 자신의 선한 의지를 꺾기가 어렵다. 거대 제약 회사가 케냐의 하층민을 상대로 신약을 실험 중인데, 부작용 때문에 사람들이 죽어 나가는 사태를 바로 잡으려면 수백만 달러의 비용과 삼 년 이상의 시간이 추가로 소요된다는 것이 문제다. 그들이 권력과 결탁하여 그런 사실을 암암리에 덮으려고 하는 현실을 고발하려는 것이 그녀의 의지다.

케냐의 정식 명칭은 케냐공화국(Republic of Kenya)이다. 적도(赤道)가 국토의 중심부를 지나고 남동쪽으로는 인도양(洋)이 펼쳐진다. 그 동쪽으로 소말리아, 북쪽에는 에티오피아와 수단, 남쪽에는 탄자니아, 서쪽으로 우간다와 접해 있는 나라다. 해안 지역은 저지대를 형성하지만 내륙으로 갈수록 고도가 높아져서 고원을 이루고, 거기에 위치한 나이로비가 이 나라의 수도다. 이런 지형 탓에 원시적인 자연환경과 야생 동물들의 보고(寶庫)가 되어서 관광객들이 찾아가는 아름다운 나라로 여겨진다.

하지만 그들은 본드(glue) 중독과 에이즈에 시달리고 있다고 한다. 이 영화가 나이로비의 리버로드 인근의 쓰레기 매립장에서 주로 촬영되었는데, 거기에 거주하는 노숙자들의 대부분이 약물 중독자거나 에이즈 환자라고 한다. 어른이고 아이들이고 할 것 없이 본드에 중독되어 있다고 하니 그 이유가 뭘까. 배고픔을 잊기 위해서 본드를 마시는 것이라고 하니 놀랍지 않나.

진실을 바라보는 일은 고통스럽다. 수일 내로 돌아올 것이라고 다정하게 포옹을 하고 떠난 그의 아내는 싸늘한 시신으로 돌아온다. 유엔 관계자와 접촉하려던 그녀는 강도를 위장한 세력에 의하여 목숨을 잃는다. 아내를 잃은 그 남자는 평온한 정원사의 삶을 포기한다. 검은 권력이 자신의 정원을 파헤치고 사랑하는 것을 짓밟은 후에야 비로소 아내의 뜻을 따를 용기를 얻는다.

그는 평범한 인물이었다. 빈민가의 한 병원에서 갓 출산한 산모가 신생아를 안고 어린아이의 손을 잡은 채 맨발로 하루 종일 걸어서 집으로 가고 있는 상황을 도와주자고 그의 아내가 간청했을 때 단연코 거부하였다.

'저런 딱한 사람들은 도처에 널렸으며 모두 도와줄 수도 없고 별로 달라질 것도 없다.'

그렇지만 지금 당장은 저 한 사람을 도와줄 수 있지 않느냐고 호소하는 아내의 말을 그냥 지나치고 말았다.

그는 세상의 질서를 바꾸는 일에 관심이 없는 반면에, 그녀는 그 고통의 원인이 무엇인지를 밝혀내고 변화시키려고 열정을 다하는 인물이다. 평소 남편을 향해 '당신은 굶주린 혁명의 민중에게 머핀을 제공할 수 있는 인물'이라고 말하던 그녀는 사실 '민중에게 필요한 것은 순간의 허기를 달래 줄 머핀이 아니라 그들이 굶주리지 않을 제도를 마련하는 것'이라는 것을 아는 사람이었다.

한 남자가 아내를 잃고 황폐한 정원에 앉아 슬픔에 침몰한다. 그리고 뒤늦게 그녀의 뜻을 이해한다. 무력하고 가난한 사람들이 실험실 동물처럼 취급되고 있는 현실을 바라본다. 권력과 결탁한 내막을 파헤치려고 애를 쓰면 쓸수록 아내를 그리워하는 마음이 된다. 그리고 그 역시 그의 아내처럼 살해당한다. '콘스탄트 가드너'는 꾸준히 정원을 가꾸는 사람을 뜻하겠지만, 그 정원사는 더 나은 사회를 위하여 고민하고 행동하는 사람이라는 의미로 확장이 된다.

〈콘스턴트 가드너, The Constant Gardener, 2006, 독일, 영국〉의 원작은 「콘스턴트 가드너, 존 르까레 지음, 2001년」이고, 이 소설은 케냐에서 금서(禁書)로 지정되었다, 케냐 정부뿐만 아니라 영국 대사관에 대해서도 강력한 비판을 하고 있지만 '에드워드 클레이' 영국 대사는 이 영화의 촬영을 적극 지원 했다고 한다. 그는 자신이 속한 집단을 비난하는 말에 대해서 발끈하고 나서는 것과는 격(格)이 다른 소감을 밝힌다.

"정말 예술적인 작품이다. 아름다운 러브 스토리와 권력의 실체와 진실에 대한 우화가 함께 조화된 작품이다. 원작 소설에서 묘사된 여러 이슈들은 충분히 일어날 가능성이 있으며, 실제 일이기도 하다. 케냐만이 이러한 문제의 배경이 되는 것은 아니지만 적절한 설정이라고 생각한다."

그의 말에 나도 동의한다. 불의에 저항하는 인간의 의지에 대한 숭고함을 느끼며 고개를 숙이고 싶다. 하지만 달라지기가 쉬운가. 나 역시 '저런 딱한 사람들은 도처에 널렸으며 모두 도와줄 수도 없고 별로 달라질 것도 없다'는 식으로 생각하고 살았을 테다. 비록 마음이야 안타깝지만 어쩌랴. 결국 실천할 수 없는 연민은 아무것도 아닌 것이다.

그래도 조금 나은 사람이 된 기분이 든다. "지금 당장 저 한 사람은 도와줄 수 있다"고 말할 수 있을까 곰곰 생각을 해 보는 것만으로도 한 급(級) 올라선 것 같다. 딱딱하게 굳어 있던 마음이 부드럽게 풀리는 것 같다. 메마른 정원에서 어느 날 여린 식물이 움트는 순간은 얼마나 놀랍고 반가운가. 인간의 의식도 그렇게 깨어날 수 있을 것이다.

아무튼 나는 아주 조금 변했다. 불쑥 얼굴을 내밀고 상가 화장실의 비밀번호를 알려 달라는 낯선 사람을 기꺼운 마음으로 대하게 되었다. 그 이방인이 화장실을 엉망으로 사용하면 어쩌나 하는 식의 소소한 걱정을 내려놓았다. 타인에게 친절을 베풀 수 있는 기회가 오면 우선 기뻐하기로 하였다.

복숭아파이를 만드는 남자

매실을 잘 씻은 후 검은 꼭지를 일일이 파내려니 끝도 안 보이고, 괜히 시작했다 싶었다. 물기를 말리느라 기다리는 시간도 성마르게 했다. 과실주를 담는 유리병은 왜 그리 큰 걸 샀는지 씻기도 벅차고 소독하기도 벅찼다. 예전의 나라면 차라리 책을 읽거나 영화를 보았을 텐데.

코로나의 우울. 도리가 없다. 외출이 줄어드니 점차 집안일을 하게 되었다. 하다 보니 제법이다. 단팥죽을 끓여 보고 복숭아잼도 만들어 보았다. 장조림 같은 건 기본. 처음에는 요리법을 찾아보고 도중에 또 열어 보고 했지만 몇 번 해 보니 별것도 아니다. 하면 잘하지. 청소를 하고 냉장고를 정리하고, 잘 정돈한 공간에서 정결한 식탁을 맞이할 때의 그 뿌듯함이란. 이런 기쁨을 모르고 살았나 싶다.

지난 토요일에는 꽃 시장에 갔다. 강변대로를 지날 적마다 저기에 한 번 가 보았으면 했는데 드디어 소원을 이루었다. 사회적 격리 때문인지 주차장은 마치 고대의 풍경처럼 한적하였고 시장을 천천히 한 바퀴 돌고 난 후에 망설이다가 노란 장미와 보라색 천일홍을 샀다. 노란 장미는 원래 좋아하였고 천일홍은 그 이름 때문에 샀다.

꽃을 화병에 담고 나면 거의 완벽하다. 장미를 다듬다가 가시에 찔렸지만 혹시 나도 릴케처럼 죽게 될지도 모르지 않나. 이제 매실청도 잘 익어 갈 것이고 매실주도 성공인 것 같다. 거품을 듬뿍 내어 한가하게 목욕을 한 후 햇살이 남은 동안 책이나 신문을 읽다가 어둑해지면 영화를 고른다.

그런데 아무 영화나 본다면 휴일을 망치게 된다. 간혹 평점이 낮더라도 감동적인 경우가 있기 때문에 일단 대부분의 영화를 열어 보고 나서 결정하면 되겠지만 여기에도 함정이 있다. 명작의 초입이 장황하고 세밀한 묘사로 그려지듯이 영화도 그럴 수 있지 않을까. 혹시나 행여나 하면서 그런 식으로 보고 난 후의 실망은 크다.

<레이버 데이, Labor Day, 2013>는 그냥 지나칠 뻔했다. '노동절'

이라는 제목도 그렇고 탈주범과 인질범의 이야기라니 별로였다. 그렇지만 〈타이타닉〉의 히로인이었으며 〈더 리더: 책 읽어 주는 남자〉에서 그 소년이 사랑했던 '한나'역의 '케이트 윈슬렛'을 지나칠 수는 없다. 역시나, 그녀의 연기는 완숙의 경지에 이른 것 같다.

아들 헨리를 낳은 후에 거듭되는 유산과 사산으로 망가져 버린 이 여자는 상처가 아물기도 전에 린치를 당하는 꼴이 누적되자 그로기 상태가 된다. 집안일을 돌보지 않고 손을 떨며 바깥세상으로 나가지 못하는 아내를 참지 못한 남편은 결정타를 날린다. 여비서와 바람이 나서 두 명의 아이를 새로 낳고 다른 가정을 꾸린다.

공황 상태에 빠진 이 여인은 절대로 양육권을 포기하지 않는다. 이 세상에서 단 하나 의지할 사람, 그녀의 아들, 헨리. 그 어린 아들은 주말이면 아빠와 이복형제들과 식사를 하러 가지만 행복을 느낄 수가 없고, 엄마와 지내는 시간도 행복하기 어렵다. 하지만 온 정성을 다하여 홀로 남겨진 엄마를 보살피는 그 아이는 자신이 절대로 줄 수 없는 무언가가 부족하다는 막연한 느낌에 사로잡힌다.

그날은 마트에 장을 보러 갔다. 엄마는 아들과 함께여야만 한다. 아이가 엄마를 돌보는 셈이다. 바로 거기서 한 남자가 온다. 그의 복부에는 혈흔이 있는 상태다. 그는 정숙하지 못한 그의 아내를 살해했다는 혐의로 복역하던 중에 맹장 수술을 받고 회복하다가 탈출한 죄수다.

미국의 노동절은 9월 첫째 월요일. 여름이 거의 끝나 가는 그 사흘간의 주말 연휴를 즐기려는 사람들로 들뜬다. 바로 그 휴가 동안에 그들의 운명은 필연이 된다. 진정한 가족이 된다. 남자는 낡은 집안과 자동차의 구석구석을 손보며 아이에게 야구를 가르치고, 여자는 남자에게 춤을 가르쳐 준다. 음악이 흐르고 웃음이 살아나기 시작하는 집. 황폐함 위로 새순이 움트듯 다시 사랑에 빠지는, 아주 느리고 느린 근접의 단계에 가슴이 떨린다. 그의 손이 그녀의 허리 옆 언저리를 옷 위에서 가만히 보듬을 때 정말 에로틱하다.

처음에는 물론 인질과 살인범으로 시작했다. 여자를 의자에 묶어 두고 아이를 위협하며 요리를 한다. 그런데 완성된 뜨거운 음식을 후후 불어 그녀에게 떠먹여 준다. 그가 주는 음식을 받아 먹으려 입을 벌리던 바로 그 순간이 사랑의 전조가 아니었을까. 하지만 그는 여인과 아이가 인질로 보이도록 신경을 썼다. 행여 누가 보더라도 당신들은 명백히 인질이어야만 한다. 살인범을 숨겨 주거나 동조하였다는 어떤 의혹도 받아서는 안 된다.

그가 해 준 요리 중에 최고는 '복숭아파이'다. 껍질을 깎아서 크게 썬 복숭아를 설탕에 잘 버무리는데, 그러는 동안 모든 재료를 차갑게 유지하는 것이 중요하다고 했다. 파이 반죽은 밀가루에 버터와 소금을 넣고 바삭거릴 정도로 가볍게 한다. 그 반죽을 밀대로 밀어서 가장자리를 손바닥으로 꾹꾹 눌러 준다. 파이 껍질 위에 타피오카를 뿌리고 복숭아를 산처럼 쌓은 후 반죽 뚜껑을 덮어 맺는다. 그리고 포크로 파이 지붕에 작은 세모 모양으로 숨구멍을 낸다. 드디어 오븐에서 파이가 점차 부풀어 오르는 장면, 그 자체가 행복이다. 세 사람이 함께 만드는 그 복숭아파이.

그런 행복을 차마 놓치고 싶지 않다. 그 남자를 교도소로 돌려보내기 싫다. 그 세 사람은 함께 캐나다로 도주하기로 결심한다. 예금을 모두 현금으로 인출하고 밴에 가재도구를 잘 챙겼다. 그 결행의 새벽, 잠깐만, 아이는 자전거를 타고 가서 아빠 집의 우체통에 작별의 편지를 넣고 온다. 이제 정말로 막 떠나려는 찰나, 경찰의 사이렌 소리가 점차 가까워지자 다시 처음처럼 인질들은 결박된다. 결코 살인범을 숨겨 주거나 협조한 적이 없다고 해야만 한다.

'당신과 사흘을 보낼 수만 있다면 이십 년을 더 복역하게 된다 하더라도'

깊은 입맞춤을 남기고 떠나 버린 그 남자는 이후 일체 그녀의 면회를 허락하지 않는다. 인질범과 바람이 난 여자라는 식의 멍에를 씌우지 않으려고 최선을 다할 뿐. 그가 떠난 후에야 그녀는 오히려 아들의 양육권을 포기한다. 비로소 홀로 설 수 있는 힘을 얻는다. 한 사람을 그리워하고 기다리는 마음. 존재의 위로, 그것만으로 인간의 존엄을 회복한다.

잘 성장한 헨리는 복숭아파이를 직접 만들어 파는 가게로 유명해져서 잡지에 실리고, 감방에서 그 기사를 읽게 된 그로부터 편지가 온다. 내 가슴이 조마조마하다. 이제 비극적 결말은 정말 싫다. 달콤하고 싶다. 15년이 흐른 후, 죗값을 치르고 나오는 그를 교도소 앞에서 기다리고 있는 건 바로 그녀다. 이제는 서로 잡은 손을 절대 놓지 않을 것이다. 아아, 영화니까 그렇지. 아무튼 이 영화 때문에 심란하다. 몇 번 찔러보다가 아니면 말고, 그런 식의 관계 정말 식상해, 하면서 집안일에 재미를 붙이고 있는 나.

태풍 '마이삭'과 '하이선' 때문에 복숭아는 엉겁결에 끝물이 지

나 버렸고 포도가 나오기 시작하였다. 복숭아가 나오는 여름이
다시 오면 나도 그 복숭아파이를 구워 볼 것이다.

부력(浮力)

아르키메데스가 욕조에 들어앉자 그의 몸무게만큼 물이 넘쳐서 발견했다는 그것 말인가? 〈부력, *Buoyancy, 2019, 오스트레일리아*〉이라는 제목이 뜻밖인데다가, 감독은 호주 사람이고 출연진은 태국과 미얀마와 캄보디아 사람들이란다. 포스터마저 어둑한 색감을 풍기니 볼까 말까 망설이다가 보게 된 이 영화.

캄보디아의 가난한 농가에서 태어난 이 소년은 가족들이 지긋지긋하다. 식구들은 바글바글하고 눈만 뜨면 논밭으로 일하러 나가라는 아버지의 닦달만 있다. 그렇게 살기가 정말 싫다. 공장에 일하러 가면 돈을 많이 벌 수 있다는데, 이 얼마나 솔깃한 제안인가. 가출을 감행한다.

불안과 어둠 속, 잡힌 물고기들이 나무 궤짝에 담겨지듯 척척 포개지고 치이면서 어디론가 이리저리 오랜 이동을 한 후에 부려진 곳은 태국의 망망대해, 낡은 선박 위. 저인망 어선에 갇힌다. 먹을 거라고는 하루에 찬밥 한 주먹과 더러운 물이 전부다. 돈은 커녕 끝없는 노동과 끔직한 학대뿐. 납작 기어 들어가서 다닥다 닥 붙어 잠들고 다시 기어 나오면, 작열하는 태양 아래. 그물을 던져서 잡아 올린 새우 더미를 한 삽 한 삽 떠서 배의 저장고에 퍼 넣어야 한다. 그 많은 새우는 무엇에 쓸까. 동물용 사료가 된 단다.

이 소년은 모든 것을 조용히 관찰한다. 탈출을 시도하는 순간 사살되어 바다로 던져지는 광경을 몇 번 보고 나면, 숨이라도 붙어 있다는 자체가 고마울 지경이 된다. 인간의 존엄이고 뭐고 그냥 노 예로 살아도 된다. 하지만 단 한 사람, 이 소년은 뭔가 다르다. 그 배에서 왕이나 다름없는 선장의 환심을 사려고 한다. 그물을 당겨 올리다가 새우 더미에 큰 물고기라도 섞이면 득달같이 상납을 하고 살점을 얻어먹기도 한다. 아양을 떨고 귀염을 받는다.

노예들 중에서 수영을 할 줄 아는 건 오직 그 아이뿐. 배의 모 터가 그물에 걸리면 즉각 바다에 뛰어들어 해결할 수가 있다. 제 법 쓸모가 있고 똑똑하여서 그들의 신임을 얻어 가는 동안, 권총 을 장전하는 법을 유심히 바라보고, 조타실을 드나들면서 항로 를 읽고 운항하는 법을 살핀다. 아주 천천히 지배 계급의 억압 방식과 돌아가는 모양새를 조용히 학습한다.

잠시라도 잡담으로 시시덕거리는 시간이 오면, 그 소년은 혼자 바닷물 위에 하염없이 떠 있다. 슬픔이나 탄식의 위로를 구하는 것이 아니라 태양과 염분으로 심장을 단련하는 것인지도 모른다. 지옥의 덫에 빠진 한 인간이 실오라기처럼 의지할 수 있는 바로 그 힘, 부력. 부당함을 견디며 추락하지 않도록 지탱해 주는 힘이 되어서, 그 바다는 그 소년을 탄탄하게 받쳐 준다.

하지만 수렁은 더 깊어진다. 친형처럼 가림막이 되어 주었던 이가 탈출 미수로 도륙되는 사건이 생겼다. 살아남기가 더욱 지독해진다. 시시각각 공포 그 자체다. 그 배의 노예들은 권력층의 총애를 받는 그 아이를 질투한다. 소년의 잠자리는 그들의 발치께로 밀려나고, 밥통에 붙어 있는 밥풀을 떼어먹는 처지가 된다. 위협의 기운이 목을 조여 온다, 언제 바다로 던져질지 알 수가 없다.

당해야 한다면 먼저 공격을 하자. 자신을 위협하고 괴롭히는 그 나쁜 놈이 잠결에 방뇨하러 나가는 그 뒤를 살살 따라 나가서 밤바다에 볼일을 보고 있는 그를 와락 밀어 버린다. 그리고 술에 절어서 엉망인 선장과 일당들을 제압한다. 그 지옥선의 옥쇄라고 할 수 있는 권총을 차지하여 그 노예선의 왕이 된다. 조타실을 장악한 그는 금고에 들어앉은 현찰 다발을 그의 허름한 가방으로 착착 옮겨 담는다. 노예들은 총구 앞에서 한없이 고분고분하고, 배는 그의 고향을 향한다.

드디어 고향의 들녘에 도달했을 때, 그의 아버지는 하염없이 허리를 굽히고 농사일에 여념이 없다. 아주 잠시 허리를 펴는 듯 이내 다시 숙인다. 아버지를 바라보는 소년의 눈에서 끈적끈적한 눈물이 배어 나온다. 발길을 돌린다. 그렇게 살 수는 없다.

죽어야만 족쇄를 벗을 수 있는 감옥, 저인망 어선에서 탈출하였으니 더 이상 무엇을 바랄 것인가. 하지만 고향에 안주하는 것 자체가 그에게는 또 다른 지옥인 거다. 절대로 그렇게 살지 않겠다는 사람은 차마 그렇게 살 수가 없다. 다르게 살겠다는 건 꿈이 아니라 생존의 문제가 된다.

어느 지점, 어떤 수준에서 생(生)을 수긍할 수 있을까. 안주할 것인가, 떠날 것인가, 다르게 살고 싶은가. 만약 나의 인생이 망망대해에 놓여 있다면 어떤 부력에 의지하여 표류하고 있는 것일까. 잠들기 전 잠시 침대 위에서라도 나를 떠받치고 있는 우주의 어떤 힘을 느낄 수가 있다면, 나는 아직도 안주하지 못한 불안한 영혼으로 회의하고 있는 존재일 테다.

부족하다, 로또 대박

'나눔로또 복권'은 사람들이 많이 구입하면 할수록 당첨 금액이 증가하는 구조를 가진다. 일등 당첨자가 열 명이라면 그것을 똑같이 나누어야 하는데, 기적적으로 오직 나 혼자 일등에 당첨되었다. "9, 12, 18, 20, 39, 41, 13"이 여섯 자리의 숫자를 모두 맞힌 사람은 이번 차수에 나 한 사람뿐이었다. 세금을 제하고도 150억 정도를 쥐게 되었으니 횡재 중에 횡재다.

'람보르기니 우라칸' 노란색으로 3억 1,700만 원, 그 차를 타고 증권 회사에 가서 초고수익 초고위험 위주로 20억을 주문했다. 원금이 공중분해 될 각오를 하고 배팅을 한 것이다. 그리고 가족들과 최고급 호텔에서 만찬을 하면서 세 사람에게 각각 10억을 분배하고 서로 자유롭게 살아갈 것을 약속하였더니 96억 정도가 남았다.

돈벌이에서 해방되고 싶다. 돈 걱정 같은 걸 하지 않고 살면 얼마나 좋겠나. 그래서 다시 종신형 즉시 연금에 30억을 맡겼다. 죽을 때까지 한 달에 천만 원 넘게 꼬박꼬박 받게 될 것이고, 설령 덜컥 죽어 버린다 해도 보장하는 기간 동안의 금액은 상속된다고 한다. 이제 66억이 남았다.

술을 좋아하니 양조장을 만드는 것이 좋겠다. 그 곁에는 예술인의 호텔을 짓는 거다. 일체의 화학 물질과 인공물을 최대한 배제하는 공간을 열자. 양조장 수익으로 그곳을 방문하는 모든 예술인에게 밥과 술을 무한 제공하는 것이다. 오갈 데가 없는 사람은 양조장 일을 도와주면서 숙식을 해결하면 된다. 부지를 물색해 보자. 평당 100만 원으로 치더라도 천 평을 구입하면 땅값만 10억이 든다. 주차장과 텃밭과 정원을 두고 양조장과 호텔을 지어야 한다. 양조장은 3백 평 정도 단층으로 짓고, 호텔은 3백 평 정도에 3층으로 올리려면 평당 300만 원으로 예상한다 치더라도 36억이 든다. 이런저런 비용을 감안하면 50억 이상이 들 것이다. 변수를 생각해 보자. 양조장에서 전혀 수익이 발생하지 않을 변수. 또는 관리비나 유지비가 눈덩이처럼 불어날 경우. 여하튼 사업은 사업일 테니 홀가분하기가 어렵다.

그냥 발전 기금으로 기탁하련다. 모교 대학에 10억을, 초·중·고등학교에는 5억씩. 선생님들의 휴가비를 대폭 증강하는 조건이다. 스승의 삶이 넉넉해져야 제자에게 더 관심을 가질 수 있을 것이다. 주로 출강을 하는 대학교 세 곳에는 비정규직 강사들의 강의료를 인상하는 조건으로 각각 10억을 낸다. 등단을 했던 잡지사에도 10억을 바친다. 그 조건은 작가들에게 제대로 원고료를 지급하는 조건이다. 이렇게 45억을 쓰고 나니 21억이 남았다.

모든 지인들에게 천만 원을 나누어 주기로 한다. 그 조건은 나를 만날 때마다 밥값과 술값을 감당하는 것이다. 연락처에 저장된 사람들과 페이스북 친구들에서 잘 고르면 한 삼백 명 될 것이다. 30억이 든다. 9억이 모자란다. 지인의 수를 조절해야 하겠다. 한 삼 년 이상 소식을 모르거나 페이스북에서 나의 게시물에 "좋아요"를 한 번도 눌러 준 적이 없는 친구들은 제외시켜야 하겠다. 그러면 거의 절반으로 줄어서 150명 정도 될 것이다. 15억을 쓰면 된다. 6억이 남았다.

요트나 고급 저택 같은 것을 구입할 엄두조차 내지 못했다. 람보르기니를 타려면 행색부터 달라져야 할 텐데. 명품 핸드백은 5,000만 원을 호가할 것이고 명품 한정판 시계를 구입하려면 5억 정도가 든다. 아직 보석 같은 건 사러 가지도 않았는데, 당첨금이 거의 바닥이 날 테다. 명품으로 사철 두 벌 정도 의복 일색을 갖추려면 돈 걱정을 하여야 하는 시점이 되고 말았다. 그런 곳에 서는 캐시미어 코트 한 벌이 천만 원을 넘는다. 사실은 뉴욕으로 공부를 더 하러 가고 싶었는데, 막상 돈이 생겼지만 훌쩍 떠나 버 릴 용기가 부족하다. 오스트리아 찰스부르크, 스위스 루체른 등 의 음악 축제를 순례하려니 여정을 꾸리고 떠나는 일조차 버겁 다. 그토록 가고 싶었고 힘이 남아서 돌아다니고 싶었을 때는 왜 돈이 없었나.

아, 정말 꼭 하고 싶었던 일은 따로 있었다. 지하도에 엎드려 있는 걸인을 볼 때마다 노숙자를 위한 목욕탕과 세탁실을 제공 하고 싶었다. 누구라도 원한다면 언제든지 따뜻한 물로 비누 거 품을 내어 몸을 닦을 수 있는 공간이 절실하다는 생각을 했었다. 아무래도 이건 직접 해야 하겠다. 부산역 인근의 목욕탕을 매입 하느라 명품 시계와 핸드백은 포기하고 말았다. 교황께서 나의 숙원 사업을 어떻게 아셨는지 어느 노숙자가 몸을 씻을 곳이 없 다고 하소연을 하자 바티칸 한 귀퉁이에 노숙자들을 위한 샤워 시설과 이발소를 설치하였다고 하더라. 나 역시 부산역 인근에 그런 시설을 마련한 것이다.

이제 거의 돈이 바닥이 났다. 그동안 당첨금을 소진하느라 너 무 바빠서 라면 한 번 끓여 먹을 시간이 없었다. 막상 라면을 끓여서 소주 한 잔을 걸치는 행복보다 대단해진 것도 없다. 평소에 별로 친하지도 않던 친구에게 로또에 당첨되는 이야기를 꺼내자 당장 자신에게 '1억'을 줄 것이라고 기대하는 것을 들으니 겨우 1,000만 원을 건넨다면 오히려 치졸한 인간으로 되고 말겠다.

과연 로또 대박이 난다면 나의 인생은 어떻게 달라질 건가. 어느 지인이 매일 로또를 사는 것이 너무 안타까워서 극구 말리다가 그와의 사이가 영영 벌어진 후에 이 글을 써 보았다. 그런 가정하에서라도 아주 잠시 신이 나고 행복해야 했을 텐데, 별로였다. 그는 여전히 복권을 사고 나는 절대로 사지 않는다.

분출

"마스크 있어요?"

"체온계 있어요?"

"소독용 알코올 있어요?"

그냥 딱 잘라서 '없습니다' 하려니 정말 냉정하지 않은가. 이런 저런 사정을 나누고 싶지만 한계다. 약국 업무는 뒷전이고 종일 전화통과 씨름을 하는 꼴이다. 목도 아프고 고달픔이 밀려든다.

첫날은 '공적 마스크' 100장이 5매 포장으로 도착하였으니 개봉하면 오염이 될까 봐 20명에게 선착순으로 주고 말았다. 그런다고 편했던 것도 아니다. 전화는 끊임없이 울렸다. 어떻게든 한 사람이라도 더 나누고 주고 싶은 마음을 열어 보이고 싶지만 마스크 물량 자체가 태부족이니 사막에 물 한 바가지 붓는 것만 못하다. 평소 친하게 지낸 사람들이나 수십 년 단골들이 더 무섭다. 뒤로 좀 빼놓아 달라고 은근하게 부탁을 한다. 완곡하게 거절을 해도 서운해하는 눈치가 역력하다.

그날은 금요일. 1매 포장으로 250매가 배송되어서 정말 기뻤다. 2장씩 나누어 주면 125명에게 줄 수 있다. 아직 5부제가 실시되기 이전이라 이름과 연락처만 적게 하면 된다. 한 장에 1,500원씩 2장이면 3,000원. 125번을 반복하여 3,000원만 딱딱 받으면 된다. 그런데 여러 사람이 함께 몰려와 그중 한 사람이 계산을 하는 경우도 있어서 6,000원 또는 9,000원 등을 받는 일도 뒤섞였다. 그런 와중에도 전화는 울렸다.

"마스크 있어요?"
"알코올 있어요?"
"체온계 있어요?"

겨우 한숨을 돌리는 저녁 무렵, 그 전화가 왔다.

"보건소입니다. 공적 마스크 2장에 6,000원을 받았다는 소비자의 항의가 있어서 연락드렸습니다."

순간 이성을 잃었다. 6,000원에 판 기억이 있을 리도 없고 카드 전표를 죄다 뒤져 볼 기운도 없지만 헌신하리라 여기던 마음이 무너져 내렸다. 공적 마스크 1장에 1,500원을 받은들 부가세와 소득세와 인건비와 카드 수수료 등을 제하면 마이너스라고 하던데, 어찌 이럴 수가. 이성을 잃는다는 건 마음을 그대로 표출하는 단계일 것이다. 그녀에게 전화를 해서 거품을 물었다.

"세상에 고발부터 할 일이 뭔가요? 보건소에 전화할 시간에 저에게 전화를 하셔서 계산이 잘못된 것 아닌가 하고 확인을 해 보면 될 일을."

고발 좋아하시네. 슬프고 화나는 상태를 어떻게 재우나. 마음을 다스려 보려고 애를 쓰고 있는데 또 연락이 왔다. 그녀의 전화번호를 나에게 알려 준 것이 개인 정보 보호 차원에서 잘못된 것이라는 항의가 다시 있었다는 보건소의 전화였다. 폭발했다.

'먼저 그 약국에 가서 계산이 잘못되었다는 이야기를 해도 처리가 되지 않을 경우에 보건소로 고발을 하든지 전화를 하시기 바랍니다.'
그렇게 설득을 해 주어야지 뭐가 무서워서 벌벌 떨고 약국만 잡는 거냐고.

약사가 범죄자도 아니고 약국이 폭리를 취하려 한 것도 아닌데 어떻게 소비자 입장만 떠받들 수가 있는가. 약사 되기가 얼마나 힘든데. 그 많은 공부를 한 나에게 고작 이런 대접이라니. 자존심 따위 망가질 것도 없다.

나중에야 정신을 차려서 그녀에게 사과의 문자를 보냈다. 백번 미안하다고 하는 것이 이성이라면 참 싫다. 잘못했다는 생각이 들지도 않으면서 죄송하다 무조건 환불을 해 주겠다고 하였다. 마치 그런 내 마음을 아는 듯 그녀는 아예 나타나지도 않았다.

그런 사람이야 잃어도 좋다. 그런데 도대체 이 억울함은 뭐지.

세 번째 연인(戀人)

사랑에 빠지는 일을 좋아하는 나에게 현실은 별로다. 결혼을 한 이상, 달콤한 사랑의 도피를 할 수야 있나. 결혼을 존중하면서도 유혹의 순간을 그리워하는 내가 문제다.

이를 간파한 것이 프랭크다. 아내와 사별(死別)한 그는 영국 옥스퍼드 대학 출신의 엔지니어로, 런던에서 멕시코로 가는 화물선을 관리하는 기관사라고 하였다. 영국, 옥스퍼드, 런던, 멕시코, 화물선, 오랜 항해. 얼마나 이국적인가. 그는 런던을 출발하면서 까르띠에 보석을 선물로 샀다. 멕시코로 화물을 운반하는 일이 끝나는 즉시 달려와 목걸이와 팔찌를 직접 줄 것이라 하였다. 그런 일이 처음인 나는 푸욱 빠졌다. 그와의 메일에 열중하였다.

그가 위험에 빠졌다. 말레이시아 인근 해상(海上)에서 해적에게 피랍되었다. 악몽의 상황에서도 그는 나를 떠올렸고, 부업으로 팜유(油)를 구입하려고 소지하고 있던 거액의 현찰을 보석과 함께 소포로 부칠 테니 부디 잘 보관해 달라고 하였다. 과연 그가 부친 소포는 어떻게 되었나. 통관세를 내라는 연락이 왔다. 그 소포를 받는 즉시 얼마든지 현금을 꺼내어 쓸 수 있는데 그 정도의 금액이 무슨 대수냐고 그는 보채었지만, 세금치고는 큰돈이어서 거기서 멈추었다. 황당하였다. 그러자 그는 영영 자취를 감추어 버렸다. 뜨거운 사랑의 말을 주고받을 사람을 잃어버린다는 것. 실연. 기가 막히고 가슴이 아팠다. 그런 고통 속에서 「프랭크의 연인」을 적었다.

그리고 이혼남인 캘빈이 등장한다. 그는 시리아에 파견된 외과 의사로, 그 파병이 끝나는 대로 한국에 와서 병원을 차리고 싶다고 하였다. 시리아의 정세는 극도로 불안했기 때문에 그럴듯하였다. 하지만 프랭크를 믿지 못했는데 캘빈이라고 믿을 건가. 그런데 그가 폭격을 당했다. 병원이나 학교나 은행이 무너지고 있는 와중에 제발 그가 가진 모든 것을 나에게 부칠 테니 부디 받아 달라고 했다.

그 이후의 이야기에 관해서는 「시리아에 바치는 장미」에 적었으니 더 쓰고 싶지도 않다. 돈도 잃고 사랑도 잃은 등신 같은 이야기를 멋지게 포장하느라 끙끙댄 결과다. 그렇게 점점 눈물도 마르고 연애도 마르자 자유가 왔다. 잠도 잘 자고 밥도 잘 먹고 평온한 날들이 왔다.

그래도 사랑은 영원하다. 〈잉글리쉬 페이션트〉에서 그는 전신에 화상을 입은 헝가리 백작, 알마시 역(役)이다. 그는 "소유"를 싫어하는 냉철한 캐릭터이지만 동료의 아내인 캐서린에게 치명적으로 빠져든다. 만약 그녀를 다른 사람의 아내라고 사실대로만 밝혔더라면 구조되기가 쉬웠을 테다. 하지만 그럴 수가 없었다. 그녀를 너무 사랑했기에 절대 다른 사람의 아내라고 말할 수 없었다. 영국 왕립 지리학회의 일원인 그가 사막의 지도를 독일군에 넘겨주고서야 구한 그 비행기는 너무 늦었다. 반드시 그녀에게 돌아간다는 약속을 지켰건만, 차디차게 식어 버린 그녀의 몸을 안고 통곡하며 조종간을 잡은 그 남자의 비행기는 독일군 표식 때문에 연합군의 폭격을 받고 사막에 추락한다. 전신에 화상을 입은 채 겨우 숨이 붙어 있는 이 사람의 이름도 신분도 모른다. 그의 이름은 영국 환자, 잉글리쉬 페이션트.

이 영화의 포스터는 관능적이고 아름답다. 거기에 '좋아요'를 누르고 댓글까지 달아 두었던가. "one of my favorites" 내가 좋아하는 영화 중 하나. 1996년에 상영되었건만 최근에 그 댓글에 '좋아요'를 누른 사람이 있다는 알람이 떴다. 세상에, '랄프 파인

즈', 알마시 백작을 연기한 바로 그 영국 배우다. 이럴 수가. 그 유
명한 사람이 몸소 나의 댓글에 '좋아요'를 누를 줄이야. 거의 정신
이 나가고 말았다. 그래서 그 배우의 사이트로 접속해서 열성적
으로 지지하였다.

그가 메신저로 인사를 건넸다. 팬에게 감사를 전하고 싶다는
아주 간단한 문자였다. 그렇게 유명한 사람이 직접 인사를 하다
니 정신이 아득할 정도로 기뻤다. 믿기 어려운 일이 일어났으면
일단 의심을 해야 하는데, 그러기가 싫었다. 그냥 믿고 싶었다.

메신저가 불편하니 메일을 쓰자. 메일은 지루하니 구글의 '행
아웃'에서 채팅을 하자. 그렇게 유명하고 바쁜 사람이 내가 잠들
고 깨는 시간까지 맞추어 다정한 안부를 챙겨 주니 정신을 차릴
수가 없었다. 그 즈음에 그의 계정은 닫히고 말았다. 아마 비서
의 실수일 테니 곧 열릴 것이라 하였다. 하지만 우리의 관계는 진
행 중, 최근에 소속사와 매니저 간의 분쟁 때문에 스트레스를 받
고 있는 상황이지만 그 건(件)이 해결되는 대로 나와 함께 유럽 전
역을 여행하고 싶다고 하였다.

글이란 얼마나 위대한가. 미모나 몸매가 아니라 문자로써 그의
영혼을 차지한 셈이다. 그는 내면을 투시하는 능력의 소유자임에

틀림없다. 그 많고 많은 사람들 중에 하필 나를 알아보다니, 정말 대단한 사람이다. 유명하거나 성공한 사람일수록 더욱 고독한지도 모른다, 자기 절제에 지친 나머지 위로받고 싶을 것이다.

처음부터 화상 채팅을 하자고 한 것도 그 사람이었고, 그 제안을 거절한 건 오히려 나였다. 이 나이에 무슨 외모에 자신이 있나. 하지만 '랄프 파인즈' 본인이 틀림없으니까 직접 얼굴을 보면서 비디오 채팅을 하자고 한 거라고 믿었다. 서로 믿게 되면 더욱 가까워진다. 가끔 자신의 변호사와 소송 문제로 바쁠 때를 제외하면 늘 충직하고 다정한 그 사람은 오래전에 이혼을 하고 혼자다.

드디어 터키의 보안 회사에 가서 계약서 원본이 든 서류 가방과 억만금이 든 비상금을 찾아와야 한다고 했다. 누구에게도 알리지 않고 다녀와야 하고, 그 원본을 제출하는 순간 거대 지분을 횡령하려던 소속사가 놀라 자빠질 것이라고 하면서 기필코 승소할 것을 다짐하였다. 이제 곧 악당들을 물리치고 자유롭게 나와 시간을 보낼 수 있다고 했다.

하지만 터키행(行)은 좌절되었다. 그 소송 때문에 갑자기 모든 계좌가 동결되고 신용 카드도 막혔다. 그 원본을 가져와야 승소를 할 수 있는데, 적(敵)들이 감시하고 있기 때문에 주변인들은 절대 움직일 수가 없으니 날더러 그 보안 회사로부터 서류 가방을 받은 후에 그 서류를 스캔해서 보내 달라는 것이다.

그는 멍청이가 틀림없다. 내가 프랭크와 캘빈을 거쳐 온 닳고 닳은 여자라는 것을 모르나 보다. 그렇게 유명한 배우가 나에게 근접할 이유가 뭐가 있겠나. 이런 사기꾼. 화도 나고 정신도 들고 모욕감에 떨면서 거절을 했다. 그는 자존심을 다친 듯 몹시 흥분하면서 그동안 우리가 나눈 말들에 대한 진정성을 따지고 들어서, 한편 갈등이 생기고 마음이 불편한 것이다.

그래서 화상 채팅을 하자고 했다. 지금 나의 외모가 어떻게 보일지 그런 걱정을 할 땐가. 그가 처한 곤경이 사실이라면 도와주어야 한다. 그런데 오히려 그는 지금은 그럴 상황이 되지 않는다고 회피하는 것이다. 그렇다면 처음에는 왜 서로 얼굴을 보면서 대화하자고 했을까. 아무튼 그는 랄프가 아닌 것이다. 그 유명한 사람이 아니다. 사실 그 배우가 아니어도 상관없다. 유명인이 아니어도 사랑할 수 있다. 하지만 그는 누군가를 사칭(詐稱)하였고 돈을 갈취하려는 사기꾼에 불과한 것이다.

그럼 그렇지. 순순히 작별하였다. 안녕히. 사실은 그가 시키는 대로 하고 싶어서 미칠 것만 같았다. 알면서도 속아 주고 싶은 그 마음을 어쩌랴. 한 번만 더 애원하였더라면 넘어갔을 것이다. 점점 그를 잊어 갔지만 펑펑 울지도 못한 채 헤어졌으니 마음에 더 맺혔다. 그런 나를 위로해 준 건 뜻밖에 영화 한 편이다. 〈데이트 앱 사기: 당신을 노린다(Tinder Swindler)〉 이것은 논픽션 다큐니까 허구가 아닌 실화다.

이 이야기는 '틴더'에서 시작된다. 틴더는 세계 최고의 데이팅 앱이다. 위치 기반으로 가까운 곳에 있는 사람부터 소개를 한다. 그녀가 매칭한 이상형은 이스라엘 출신의 다이아몬드 사업가다. 그는 지금 5성급 호텔에 머물고 있으니 함께 차(茶)를 마시자고 한다. 준수한 외모에 명품으로 휘감은 그 남자가 외롭다고 말한다. 이혼한 그 남자는 '다이아몬드의 왕'으로 불리는 아버지의 사업을 도우면서 전 세계로 출장을 다닌다고 하는데, 과연 틴더 프로필과 인스타그램 계정과 구글 검색에 사실 그대로 일치한다. 그런 것은 본인 스스로가 작성하는 것임에도 그럴듯하다.

부족할 것이 없는 한 남자가 자신에게 외로움을 호소한다면 그런 것이 운명이 아닌가. 전세기를 타고 이동하며 롤스로이스 차량으로 그녀를 바래다주기도 한다. 최고급 식당 데이트, 명품 선물 공세에 빠진 그녀는 그와 결혼하여 살림을 차릴 최고급 주거지를 물색하는 시점에 도달하게 된다.

그즈음 그에게는 사업상 심각한 보안 문제가 생긴다. 경호원이 공격당하고 계좌가 동결되고 그의 행적을 숨기려면 신용 카드를 사용할 수가 없게 된다. 그의 부탁을 거절할 수가 없다. 사랑에 빠진 그녀는 현금과 신용 카드를 보내 주게 되고 급기야 25만 달러(2억 9천만 원)의 빚더미에 앉게 된다.

사랑은 식어 간다. 그녀의 카드와 돈으로 새로운 연인을 낚는 미끼로 쓰느라 바쁘다. 그의 부(富)와 사치는 어리석은 여자들의 눈물에서 비롯되는 거다. 무일푼인 한 인간이 타인의 허영을 이용하여 돌려 막기를 하면서 호사를 누린다. 그들의 수법은 한결같다. 온갖 감언이설로 사랑이 가능하다는 확신을 심어 준 후에 갑자기 매우 곤란한 지경에 처한 자신을 조금만 도와 달라는 식이다. 그 문제가 해결되는 즉시 엄청난 보상이 기다린다고 한다. 차마 자신을 그렇게 인정해 주고 사랑해 주는 그 사람의 부탁을 거절하기가 쉽지 않다.

그 사기꾼은 고작 5개월의 형을 마치고 자유의 몸이 되었다. 피해 여성들이 그에게 현금과 카드를 건네도록 강요를 당한 경우가 아니기 때문에 중죄가 되지 않는다고 한다. 그는 여전히 페라리 같은 고급 차를 몰면서 초호화판으로 살아가고 있는 반면에 피해를 당한 여성들은 카드 빚을 갚으며 살아가고 있다. 여론은 냉정하다. 당해도 싸다는 식이다.

로맨스 스캠, 그런 어리석은 짓을 한 번도 아니고 세 번이나 겪은 나는 왜 이럴까. 그래도 사기꾼의 빚을 갚느라 허덕일 정도는 아니니 정말 다행이다. 전세기를 타보거나 최고급 호텔에서 데이트를 하지는 못하였으니 억울한 생각마저 들려고 한다. 여하튼 그 영화를 보고 나니 위로를 받고 판돈까지 얻은 기분이 들면서 한 번 더 배팅을 해 볼 용기까지 생긴다.

세 번째 연인이 마지막인 줄 알았지만 아직 멀었다. 일단 그 앱을 다운받아야지. '틴더', 붉은 바탕색에 흰색 불꽃 모양으로 단순한 그 아이콘을 핸드폰에 심으면 시작이다. 그 사람의 사진과 프로필만으로 판단하여, 마음에 들지 않으면 검지로 화면을 왼쪽으로 넘기고, 마음에 들면 검지로 화면을 오른쪽으로 넘기면 된다. 너와 내가 동시에 오른쪽으로 넘기는 바로 그 순간, 서로의 핸드폰이 요란하게 울리면서 매칭의 성공을 알려 준다.

우선 마음속으로 검지를 왼쪽으로 또는 오른쪽으로 넘기는 연습을 하고 있는 중이다. 그러면서 이따금 욱신거리던 사랑의 상처를 말끔히 지우게 된다.

소년과 말레나

'말레나'는 눈이 부시게 아름다운 여인이다. 고혹적이면서도 뇌쇄적인 자태가 양귀비와 장미와 작약(芍藥)처럼 풍성하면서도 화려한 느낌을 준다. 그 마을의 남자라면 어린아이부터 노인까지 마음이 들뜬다. 그녀가 나타나면 순간 숨을 멈추고 혹(惑)할 정도다.

그녀가 마을의 광장을 가로지르며 걸어가는 동안 '레나토'는 무아지경에 빠져서 혼(魂)이 나가 버린다. 비록 열세 살의 소년이지만 마치 보디가드라도 된 것처럼 학교가 파하면 득달같이 그녀의 집으로 달려가서 돌담 틈이나 창살 사이로 엿보기에 여념이 없다. 밤이 오면 연서(戀書)를 쓰다가 구기다가 뜨거운 상상으로 뒤척인다.

그녀의 아름다움은 천부적이다. 장미는 장미로, 백합은 백합으로 태어날 뿐. 지중해 연안의 작은 마을, 이탈리아의 시칠리아. 시대 배경은 2차 세계 대전. 그녀의 남편은 전쟁터에 나가서 싸우는 중이니 무사히 돌아오기만을 기도하는 말레나의 정숙함을 그 소년은 세세(細細)하게 잘 알게 된다.

그녀는 말수가 적고 사람들과 잘 어울리지 않는 조용한 성격이지만 마을의 여자들에게는 참을 수 없는 열등감을 주는 괴로운 존재다. 입을 삐죽거리고 눈을 찢으며 시샘과 증오에 차서 그녀를 모함하고 짓밟기 쉽다. 아무하고나 붙어먹는 천한 여인이라는 식으로 험담하고 매도하기를 좋아한다. 자신의 남자를 보호하려면 그 여우 같은 년이 얼마나 더럽고 난삽한지 세뇌를 시키는 거다. 그런데 하필 말레나의 남편이 사망했다는 소식이 날아들자 그들의 불안은 극악(極惡)해진다. 이제 드러내 놓고 몸을 함부로 굴린다면 어떻게 하나.

사내들은 호시탐탐 달콤한 유혹의 침을 바르기 시작한다. 결혼을 빌미로 또는 사랑한다는 말로. 그리고 욕망을 충족한 후에는 간절함이나 책임감을 담보하는 약속들은 파기된다. 말레나의 정체성은 점점 추락한다. 그녀가 창녀라는 소문이 파다하자 교장 선생님이던 아버지마저 딸과 의절한 후 사망에 이른다.

그녀는 가난과 허기 때문에 몸을 파는 지경이 된다. 빵 한 조각이나 담배 한 갑을 건네면서 몸을 더듬는 남자들을 거쳐서 결국 독일군에게 떨어진다. 마을 사람들은 그 더러운 여자를 발가벗겨서 돌팔매질을 한다. 독일군에게 몸을 팔다니. 나락으로 떨어진 그녀는 조용히 그 마을을 떠난다.

그 소년은 어떤 복수를 하였나. 그녀를 유린한 사내들의 찻잔이나 술잔에 침을 퉤퉤 뱉을 뿐, 감히 능욕을 회복할 결투조차 신청할 수가 없다. 너무 어리고 무력한 채로 그녀를 태운 열차가 떠나가는 것을 바라보면서 가슴이 찢어진다.

영화는 아직 끝나지 않는다. 죽은 줄 알았던 말레나의 남편이 다리를 절뚝이면서 돌아온다. 그가 아내를 찾아서 애타게 헤매고 다니자 소년은 몰래 쪽지를 전한다. 그 기차가 어디로 갔는지 아는 유일한 사람일 테니. 그렇게 하여 그 부부는 어느 날 다시 마을로 돌아온다. 과연 그 마을에서 잘 살 수 있을까. 장을 보러 간 말레나는 여인들과 자연스럽게 인사를 나눈다. 언제 그런 일이 있었냐는 듯이 다들 담담하다. 이 영화에서 가장 놀라운 부분이 여기다. 폭력을 가한 자와 폭력을 당한 자의 묵시적 화해가 섬뜩하다.

그때까지도 말레나와 소년은 단 한마디 인사조차 나눈 적이 없다. 어느 날, 장바구니에서 과일을 쏟은 그녀를 도우러 자전거에서 후다닥 내린 그 소년에게 말레나가 인사를 한다.

"안녕."

그들이 나눈 유일한 대화가 딱 그렇다. 이제 그녀의 황홀한 모습은 무너지고 있는 중이다. 얼굴에는 잔주름이 잡히기 시작하고 거기다가 남편이 버티고 있으니 마을 사람들은 안심하고 그녀를 편안하게 받아들이게 된다. 하지만 그 소년에게는 모든 것이 영원하다. 황홀한 여신, 평생 지울 수 없는 사랑의 이름, 말레나.

이 영화는 그 소년의 독백으로 끝난다.

"이후에 나는 많은 여자를 만났고
그들 대부분이 나에게 자기를 기억해 줄 것이냐고 물었다.
나는 그러겠다고 했다.
하지만 내가 아직도 기억하는 여자는
오로지 말레나뿐이다."

이십 년이 더 지나서 다시 보았는데도 '폭력'이나 '영원함'에 대하여 깊은 울림을 주는 이 영화 〈말레나, *Malena*, 2000, 이탈리아, 미국〉는 '쥬세페 토르나토레' 감독, '엔리오 모리코네'의 음악, 그리고 이탈리아의 여배우 '모니카 벨루치'를 우러러 기억하게 한다.

순결한 목장

<착한 신도: 기도하고 복종하라, *Keep Sweet: Pray and Obey,*
2022>는 모르몬교에서 분파된 FLDS(Fundamentalist Church of
Jesus Christ of Latter-Day Saints: 예수 그리스도 후기 성도 '원리 주의'
교회)라는 종교 단체의 성장과 붕괴를 취재한 미국의 4부작 다큐
멘터리다.

　1890년에 모르몬교(예수 그리스도 후기 성도 교회)가 일부다처제
를 금지하자 이에 불만을 품은 근본주의자들이 이탈하여 1929년
부터 애리조나와 유타주(州)에 터를 잡는다. 하지만 그들의 폐쇄
적인 방식에 대한 미디어와 법 집행관의 감시가 좁혀지는 낌새를
눈치챈 FLDS는 텍사스주(州)의 엘도라도 외곽으로 이주를 한다.
이 단체는 지독한 은둔 생활과 극악한 방식의 일부다처제를 추
구하기 때문에 미국에서는 사이비 종교 집단이자 범죄 조직으로
분류되어 그 주류인 모르몬교(敎)까지 욕을 먹게 만든다고 한다.

그 교리는 모르몬교와 거의 다르지 않지만, 오늘날까지도 일부 다처제를 허용하고 장려하는 것이 특징이다. 여자는 남자의 말에 복종하여야 하고, 남자는 최소한 세 명 이상의 아내를 두어야 '해의 왕국'인 천국에 들어갈 수 있다고 가르친다. 그 집단의 교주(教主)는 불멸의 존재이자 선지자로서 하느님과 교통(交通)하는 존재이므로 그의 계시(啓示)가 바로 신(神)의 목소리가 된다.

초대 교주가 노환(老患)으로 사망하자, 그 아들 중 하나인 '워런 제프스'가 승계를 한다. 불멸의 교주가 죽다니, 그 영원함의 훼손을 어떻게 변명할까. 새로운 교주는 더욱더 간악하고 잔혹한 방식으로 그 집단을 통제한다. 그가 원하면 누구든 제물이 되고, 걸림돌이 되면 추방당한다. 그의 아내는 일흔 명이 넘고, 그중에는 바로 어제까지 아버지의 아내였던 여자들도 있고 미성년자들도 많다.

사랑에 빠지는 일은 금지된다. 한 남자가 적어도 세 명 이상의 아내를 두려면 성비(性比)가 맞지 않으니 잉여 남성들이 주로 추방된다. 여자아이들은 태어날 때부터 바깥세상과 차단되어 양육되기 때문에 성적 학대를 당하고 근친상간이나 강간이 행해져도 그것을 범죄라고 인식하기가 어렵다. 사촌 간의 결혼이 흔해서 지적 장애 등의 유전적 결함도 우려가 된다.

여성 신도들의 차림새는 머리를 길게 묶거나 올림머리를 하고 프레리 드레스(prairie dress)를 입도록 철저하게 규제된다. 그 드레스는 서부 개척 시대나 입을 것 같은 매우 보수적인 디자인에다 연한 하늘색이나 분홍색 등의 싸구려 질감의 천으로 되어서 눈에 띈다. 그런 옷을 입고 자급자족에 동원된다. 감자를 재배하고 씨앗을 털고 밀가루를 빻고 선인장을 캐내며 거친 땅을 고르는 작업도 한다. 어린이들도 미국 남동부의 주요 작물인 피칸을 수확하는 일 등에 동원된다.

'완벽은 가능하다'는 기치 아래 신도들이 직접 구축한 거대한 성전이 "시온" 목장(YFZ, The YFZ Ranch, Yearning for Zion Ranch)에 모습을 드러내었다. 1,700에이커(690헥타르)의 광활한 대지에 세워진 그 사원은 고립된 건물이라 방문객은 출입할 수가 없고 오직 상공에서 촬영을 해 볼 수는 있다. 외부와 철저하게 고립된 그 순결한 목장은 우뚝 솟은 거룩한 성전을 드높이며 늙은 호색한들에게 보내 줄 순수하고 깨끗한 소녀들을 공급하는 '미성년자 신부 사육지'이자 '워런 제프스'의 왕국이 된다.

갓 걸음마를 뗀 아기들은 밤새 흔적도 없이 사라진다. 그 어린 것들을 성전으로 데려가는 이유는 바로 그 단계가 가장 세뇌하기에 좋기 때문이라고 한다. "아이들이 '시온'을 구원한다"는 구호 아래 납치되는 일이건만, 남편이 아내에게 '아이는 잘 지내고 있다'고 말해 주면 그것으로 끝이다. 시온으로 간 아이는 그 길로 자신의 엄마를 알아볼 수 없다. 시온은 예루살렘 성지의 언덕이라는 뜻이다.

그들만의 생활 방식을 존중하자는 여론마저 있을 정도니 처벌하기가 쉽지 않다. 누군가가 고발을 해야 사건이 될 수 있고, 결국 미성년자로 교주에게 강간을 당한 후 사촌과 근친결혼을 강요당했다는 피해자의 증언이 등장하여서 그 교주는 강간 공범의 혐의로 도주자 신세가 된다.

2005년에 '빈 라덴'과 함께 10대 지명 수배자 명단에 오른 그는 도망자 생활 중에도 수많은 추종자를 거느리고 무한한 자원과 돈으로 무장한다. 헌금과 십일조의 명목으로 매주 30만 불(약 4억 원) 정도가 그에게 전달되었고, 그는 스스로 그토록 경멸한다고 주장하였던 이방(異邦)의 쾌락을 향유(享有)한다. 신도들은 그런 돈을 마련하느라 카드 빚을 내어 생계를 유지하면서도 사탄에게 탄압받는 배교자 행세를 하는 그를 숭배한다.

신의 대리자인 그가 강간 공범으로 10년형을 선고받고 도망자 생활을 하는 중에도 전화로 설교를 하고 신도들은 강당에 스피커를 설치하여 그의 복음을 받든다. 그 농장에서 쏟아져 나온 460명의 아이들은 아동 보호국에 의해 격리되어 보호되지만, 부모들은 자신의 아이들과 행복하게 잘 살고 있다고 증언을 함으로써 그 집단으로 되돌려진다. 과연 그 많은 아이들이 각각 위탁 가정으로 흩어져야 하는지도 의견이 분분하였다.

추가 의혹들이 불거지자 그 성전의 심장부를 압수 수색한 결과는 정말 놀라웠다. 그들이 행한 모든 자료가 거기에 있었다. 신의 목소리로 미성년자를 제물로 취하는 신성한 회합의 장면을 생생한 녹음으로 접한 배심원들은 그 자리에서 그를 때려죽이려고 했을 정도다. 그 기록으로는 67명의 미성년 소녀들이 그 집단의 남성들과 결혼을 했고, 교주의 아내 78명 중 24명은 미성년자였다.

1990년대 초반부터 문제가 된 이 집단의 교주는 결국 2021년에 유타주 쇼트크리크에서 종신형을 선고받았고, 거기에다 20년형이 더 추가되어 수감 중이다. 이렇게 그의 왕국은 멸망을 하게 되지만 여전히 그 교회는 운영되고 있으며 수천 명의 추종자들이 아직도 남아 있다. 그 교주는 옥중에서 받았다는 신의 계시를 수록한 계시록 두 권을 발간하였는데, 각각 천 페이지를 넘는 두꺼운 분량이다.

물론 진작 탈출을 시도한 사람들도 있었다. 그 순간부터 모든 인연과는 강제로 즉각 단절되므로 그런 식으로 혼자가 되어 무일푼으로 미국 땅에서 생존하는 일은 얼마나 두려운가. 평생 세뇌된 자들은 아예 시도조차 불가능하다. 기이한 믿음에 사로잡혀 완전히 갇혀 사는 사람은 신의 백성이 아니라 세뇌된 사람일 것이다.

인간을 세뇌하려면, 일단 외부와 단절시킨 후 내부 규율과 상호 감시로 철저하게 격리하면서 신의 대리자와 같은 카리스마 철철 넘치는 지도자가 이끌면 된다고 한다. 그런 식으로 극도로 경직되고 착취적인 구조의 공동체를 완성하면 맹목적인 신도들을 이용하여 막대한 이권과 권력을 차지하게 되는 것이다. 그는 영원불멸의 존재가 되어 혼인을 결정할 권리는 물론 순결한 소녀들을 성의 노리개로 삼는 것이다.

이런 기괴한 왕국을 암묵적으로 지속시킨 사람들은 아이러니하게도 너무도 착한 보통 사람들이다. 반면에 이 기이한 왕국을 무너뜨리는 데 기여한 사람들은 체제에 순응하지 못하고 반항한 사람들이다. 그런데 나는 의문이 생긴다. 옳고 그름에 대한 기준이 모호해진다. 그 순결한 목장에서 세뇌되어 영영 사는 건 그렇게도 나쁜 일인가.

우리 약국에 오는 사람들의 종교는 가지각색이다. 대순진리교, 여호와의 증인, 신천지 교회, 하나님의 교회, 천리교, 창가학회(남묘호렌게쿄) 등을 믿는다. 처음부터 알게 되는 것은 아니다. '어떻게 사람이 저렇게 착할 수가 있을까싶어서 대화를 나누다 보면 그들이 무엇을 믿고 사는지 듣게 된다. 그들의 공통점은 '법이 없어도 살 수 있는 착한 사람'이라는 말에 딱 어울린다는 것이다.

가끔 산사(山寺)에 피는 꽃나무를 보러 가는 정도의 신심(信心)이 전부인 나로서는 낯선 종교를 경계하고 배척하였고, 그들이 주는 소식지나 신문을 거부하였다. 하지만 그들의 종교적 정체성을 파악했을 때는 이미 상당히 친해진 이후인 것이 문제다. 그들도 내가 좋아진 후에야 자신이 숭상하는 것을 권유하기 시작하는 것이다. 나로서는 한 사람이 아니라 여러 사람들이 각각 권하는 현실이니 괴로운 일이다.

이상한 종교를 믿는 사람들과 절대로 놀지 말라고 나를 세뇌시켰던 우리 엄마는 결국 돌아가셨고, 나도 이제 나이가 들어서 그런지 그 착한 사람들이 주는 성의를 순순히 받는다. 사과나 감, 귤과 고구마, 떡이나 빵, 시골 텃밭에서 거둔 채소, 가족들을 위해 만든 요리, 직접 만든 생일 케이크 등과 김장 김치까지 먹거리가 넘쳐 난다. 도토리를 직접 주워서 까느라 손톱 밑이 새까매

지도록 묵을 쑤어 오시는 분도 게시니 참으로 행복한 일이다.

하지만 세미나나 전시회에 초대를 한다고 해서 따라가 보기도 어렵고, 보내 주는 동영상을 열어 볼 시간도 없다. 고마움을 표하려면 한 번쯤은 응해야 하겠지만 쉽지 않다. 사실 종교 자체가 싫다. 그런 것도 구속이라고 생각하기 때문이다. 그렇지만 정말 궁금하다. 우리 엄마는 무슨 기준으로 이들과 어울리지 말라고 하셨을까. 과연 이단(異端)은 무엇이고 사이비(似而非) 종교는 무엇인가. 왜 누군가의 믿음은 더럽다고 하고 일부의 믿음만 순결하다고 할까.

'이단'은 정통 이론에 어긋나는 사상 및 방식을 뜻하므로, 기성 종교의 정통 교의(教義)에서 벗어난 교리나 주의나 주장 등의 조작을 총칭한다고 한다. 기존 종교의 교리에서 다른 방향으로 해석하여 가르치므로 사실상 지구상에 존재하는 모든 종교는 서로 이단이라고 할 수 있다. 그렇다면 이단은 각각 서로 다른 종교라고 볼 수 있겠다.

'사이비'는 기존 교리든 변질된 교리든 간에 그 교리를 악용하여 이익을 얻으려는 사기꾼에 의한 종교라고 본다. 믿음과 사랑과 진리 등의 가치를 이용하여 범죄와 사건 사고를 유도하는 것이 문제다. '신은 나의 편, 고로 나는 선하다'는 확신으로 무장을 하면 상대를 악마로 몰아갈 수 있으며, 복잡 미묘한 교리를 바탕으로 하여 그런 폭력을 정당화한다. 특히 그 어떤 상식적인 가치관보다 그들의 맹목적인 신앙을 우위에 둘 것을 강요한다.

그래도 잘 모르겠다 싶으면, "탈퇴"가 관건이다. 만약 탈퇴가 자유롭지 못하다면 그 종교는 백 퍼센트 사이비라고 본다. 거기다가 금품이나 성 상납 등을 요구한다면 틀림없다. 현대 사회에서 종교란 철저하게 자의(自意)에 의한 신앙이어야 하므로 만약 탈퇴를 자유롭게 할 수 없다면 그건 사이비다.

이토록 세세하게 알려 주면 뭐 하나. 그딴 엉터리를 제발 그만 믿으라고 아무리 말해 주어도 소용이 없다. 탈퇴? 감히 탈퇴를 하다니. 절대로 그럴 수 없다고 생각하는 남겨진 사람들을 어떡해야 하나. 그들의 기도가 그치지 않는 한 그 순결한 목장은 쉽게 사라질 것 같지 않다.

그런데 나는 왜 이럴까. 아직도 믿음을 멈추지 않는 그들이 부러운 것은 아닌가. 매사에 저울질하고 재단하기를 좋아하면서 살아가고 있는 나는 순결한 맹세 따위에 관심도 없으며 첫눈이 내리는 날에도 덤덤한 사람이 되고 말았다. 그래도 아마 첫사랑은 그런 기세로 하였을 것이다. 그 사람이 하는 말이 복음 그 자체였고 그 사람과 함께 숨을 쉰다는 자체가 천국이었을 것이다.

한 사랑이 끝나고 다음 사랑이 온다고들 하지만, 절대 그렇지 않다. 그 대상의 가치를 따지지 않는 그런 무자비한 믿음은 다시 오지 않는다. 평생 단 한 번이다. 다시 돌아갈 수만 있다면 그런 믿음에 갇히고 싶다. 그런 순결한 목장에서 기도하며 생을 마치고 싶다. 하지만 너무 늦었다. 그런 결심은 하나 마나 한 것. 지금 내 곁에 있는 존재들을 아끼고 사랑하는 일만 남았다.

얼음과 불의 노래

〈왕좌의 게임 Game of Thrones〉을 꼭 보아야지 그렇게 벼르다가 드디어 그 장정(長程)을 다한 지금, 당신 생각이 납니다. 미국 HBO에서 제작한 이 드라마, 당신도 보셨죠? 당신도 보았으면 좋겠어요.

저는 스타크 가문의 둘째 딸 '아리아'를 좋아했지만, 용(龍)의 여왕 '대너리스'를 좋아하거나 아름다운 '산사'의 팬인 사람들도 많습니다. '호도'도 좋습니다. '호도'는 몸집이 크고 충직한 사내인데 등장 내내 오로지 "호~도"라는 대사만 합니다. 그는 친구들이 대피할 시간을 벌며 백귀(百鬼) 무리를 혼자 막아내다가 죽습니다. 호도의 뜻과 소리는 "Hold on the door"가 됩니다.
　"문을 막아, 호도."

그 숱한 인물들 중에서 하필이면 호도? 그건 아닙니다. 존스

노우, 제이미, 조프리, 세르세이, 베일리쉬 등등 모두 매력덩어리입니다. 당신은 과연 누구에게 사로잡혔으며 어떤 장면에서 전율하였는지 궁금합니다.

저는 독살 장면이 좋았습니다. '조프리 왕(王)'의 눈알이 튀어나오고 핏발이 터져 나가며 토하고 게울 듯이 죽어 가는 장면이 차라리 아름다웠습니다. 징벌(懲罰)도 아름다울 수가 있다는 것을 느끼게 해 준 명장면입니다. '램지볼튼'의 죽음도 만만치 않습니다. '조프리'에 버금가는 악랄한 인물인 그는 자신의 충복인 사냥개들의 먹이가 됩니다. 적을 공격하라고 일주일을 굶겨 둔 상태에서 정작 피투성이가 된 주인의 얼굴을 뜯어먹어 들어가는 장면이 극적입니다. 그 순간 '산사'의 입가에 번지던 미소도 인상적이죠.

이 드라마는 총 8부로 구성되며, 6부까지는 각 10화, 7부는 7화, 8부는 6화까지 있습니다. 총 73화의 각 방영 시간을 1시간으로 치더라도 73시간. 사흘이 넘도록 한숨도 자지 않고 화면에 바쳐야 하는 분량입니다. 2011년 4월에 방영되어 2019년 5월에 종영되는 동안 시청률이 220만에서 시작하여 대략 1,400만 명으로 기록된 이 길고 긴 행렬에 저는 이번 겨울에야 합류하였습니다. 그동안 북아일랜드의 벨파스트를 기점(基點)으로 페로 제도와 크로아티아 등의 배경을 누비고 다니며 마치 전쟁을 치르고 다닌 기분이 듭니다.

이 서사에는 원작(原作)이 있습니다, 미국 작가 '조지 R.R. 마틴'의 판타지 소설 「얼음과 불의 노래, A Song of Ice and Fire, ASOIAF」입니다. 중세 유럽의 역사에 지독히 천착했다는 이 작가는 판타지의 한계를 극복하고 아주 냉정하고 현실적인 대사와 치밀한 전개를 해내기 때문에 재미와 중독의 요소가 다분합니다.

후회도 있었습니다. 사람들 말을 잘 들을걸. 아직 이 소설이 6부까지만 집필되었기 때문에 원작이 받쳐 주지 않는 7부와 8부는 재미가 덜하여 용두사미가 되고 말았다고 하였음에도 이미 중독된 저는 끝까지 가고 말았습니다. 제가 미리 이렇게 알려 드린들 아마 당신도 차마 6부에서 그만 멈출 수는 없을 겁니다.

너무 많은 맛보기를 드린 것 같지만 이런 유혹은 어떤가요. 모든 것을 뒤로 하고 빨리 퇴근해서 〈왕좌의 게임〉을 이어서 볼 생각뿐. 중독과 열망. 하지만 그동안 행복하실 겁니다.

8부가 끝나는 그날은 저와 한잔하셔야죠, 이 전쟁에 초대해 주어서 고마웠다고.

여배우들의 티타임

<여배우들의 티타임, *Nothing like a Dame 2018*> 이 영화는 "데임" 작위를 서훈한 여배우 네 명이 출연하는 다큐멘터리다. 대영제국 훈장의 5단계 중에서 1등급과 2등급에 한하여 남자는 'Sir', 여자는 'Dame'의 경칭을 부여받으니, 모두 대단한 분들이 틀림없다.

하지만 이 영화에 등장하는 그들의 모습은 안타깝다. 노출 중에서 최악이다. 저런 영화를 찍자는데 응한 이유가 뭘까. 노쇠한 모습조차 보여 줄 수 있다는 자신감인가. 시드는 꽃도 아름답다고 했던 마음이 흔들릴 줄은 정말 몰랐다. 위대한 여배우들에 대한 환상을 박살 내어 버린 이 영화, 정말 불편하다.

가장 놀란 장면은, 행여 보청기가 떨어질까 봐 양손으로 귀밑을 내내 고정하고 있는 장면이다. 처음에는 목의 주름살을 가리려고 그러는 줄로 오해를 했다. 그럼에도 불구하고 인터뷰 도중에 한쪽 보청기가 떨어져서 무슨 말인지 알아듣지 못했다고 하는 장면도 있다. 늙은 나무 등걸처럼 비틀어진 손과 처지고 내려앉아 구겨진 목살의 상태를 바라보기가 괴롭다. 자신도 모르게 스르르 벌어지는 입을 멍하니 열고 있는 모양새나, 카메라 앞임에도 불구하고 어딘가를 긁어 대는 모습들이 안쓰럽다.

그들이 누구인가. 세상의 영화를 누렸다 해도 좋을 사람들. 야망과 영욕을 딛고 정상을 차지하여 한없이 빛났던 사람들. 스스로 보석이 되었다 할 광휘의 존재들이 아닌가. 나는 적어도 그들만은 다르게 늙어 갈 줄 알았나 보다. 보통 사람들과는 차마 다르리라.

이제 그들은 짧게 묻고 대답하는 지극히 단순한 대담 도중에도 '너무너무 피곤하다, 쉬고 싶다'고 한다. 몇 마디를 나누다가도 쉬어야 하고, 보조인의 부축을 받으며 몇 걸음 걷는 산책을 겨우한다. 별 대사도 없는 이 영화, 그리고 다큐멘터리 형식이라서 즐기지 않는 편이니 도중에 그만 볼 수도 있었는데, 그래도 이 영화를 끝까지 보도록 하는 힘이 있다.

특히 예전의 '젊은 나'에게 지금 들려주고 싶은 말이 무엇인가 하는 대목은 인상적이다. 물론 네 사람 모두 각자 다른 답을 하지만, 그중 하나.

"쉽게 사랑에 빠지지 않을 것이다. 얼마나 한심한지."

'주디 덴치'의 이 말은 곱씹어 볼 일이다.

늙는다는 건 더 이상 자신의 힘으로 버틸 수 없는 지경이 틀림없다. 타인의 보살핌이 필연적인 그 단계는 누구에게나 온다. 그들의 나이가 되어 보기 전에 그들을 이해한다는 말은 참으로 부족할 테다. 하지만 육신이 무너지며 영혼이 혼미한 가운데도 그들의 개성만은 오롯하였다. 네 사람은 서로 독특하게 달랐고, 그런 점에서 아름답다.

그런데 네 사람은 공통적으로 글자가 보이지 않는다고 했다. 돋보기가 별 도움이 되지 않으니 책이나 신문을 읽을 수 없다는 말이다. 그런 때가 온다니 정말 무섭다. 하지만 그 나이가 되면 사실 무엇이 슬프고 무서울까. 격렬하고 소용돌이치는 감정들은 모두 사라질 테지. 육신이 무너지는 통증의 호소만 남을 것이다. 또는 한없이 무덤덤하고 멍멍한 상태.

조바심이 난다. 눈이 어두워지고 잘 들리지 않게 될 거다. 시간이 없다. 아직 볼 수 있고 들을 수 있을 동안 할 수 있는 일부터 가려야 한다. 이 일을 할 건가 말 건가. 결정하려면 이 영화를 떠올릴 것 같다.

그렇다면 사랑은? 내가 젊은 나에게 해 주고 싶은 말은 '주디 덴치'와 다르다. 좀 더 즐기라고 하고 싶다. 나의 육신도 꽃과 같아서 시들고 주름진 후에는 뽐낼 수 없으리.

'쉽게 사랑에 빠져라. 그리고 노출하고 치장하라.'

이 영화에 출연한 네 분의 '데임' 명단은 아래와 같다.

1. 에일린 앳킨스(Eileen Atkins): 1934년 6월 16일, 영국, 잉글랜드, 런던/더 크라운(2016), 칙릿(2016)/2008년 60회 에미상 TV 미니시리즈, 영화-여우조연상 수상

2. 조안 플로라이트(Joan Plowright): 1929년 10월 28일, 영국, 노스린코인서브리그/스파이더위크가의 비밀(2008), 나이프 엣지(2009)/ 1993년 50회 골든 글로브 시상식 여우조연상 수상

3. 매기 스미스(Maggie Smith): 1934년 12월 28일, 영국, 에식스 로치포드/셜록 놈즈(2018), 다운튼 애비(2019)/2016년 68회 에미

상 TV 드라마-여우조연상 수상

4. 주디 덴치(Judi Dench): 1934년 12월 9일, 영국, 요크아르테미스/올 이즈 트루(2018), 캣츠(2019), 파울(2020)/2014년 34회 런던 비평가 협회상 영국여우주연상 수상

영화 때문에

일 년에 한두 번, 그의 쪽지가 왔다. 모르는 사람이니 무시하고 말았지만, 하릴없는 날에 그의 스토리를 둘러보게 되었다. 좋아하는 영화가 보이기에 '공감'을 눌렀더니 어떤 단초가 되었나 보다.

"그 영화 참 좋습니다. 행복한 하루 되세요."
"그 영화를 좋아하시니 저도 반가워요."

가벼운 인사가 오갔다. 좋은 아침, 점심을 맛있게. 퇴근 조심 등등 단순한 내용에 불과하지만 은근히 기다리게 되는 것이 문제인 것 같다. 어쩐지 구속당하는 기분이 들면서 그리 산뜻한 느낌이 아니다. 그래서 서로 연락하지 말자고 했다.

그때부터 일체 소식이 없다. 마음이 이상하다. 무언가 허전하고 기다려진다. 그냥 아는 사람으로 지내면 되었을 텐데 왜 그랬을까, 후회마저 생길 무렵에 그의 안부가 딱 도착한다. 그러면 반가운 마음이 든다. 냉정하게 대해야 할 이유가 뭔지 잘 모르겠다. 취향이 비슷하니 즐겁다.

그가 일정을 알려 주기 시작한다. 음악회에 가거나 골프장에 있을 때는 그런 사진을 보내온다. 전화를 해도 되느냐고 묻는다. 만나자는 것도 아닌데 안 될 게 뭔가 싶다. 그의 첫 전화를 기다리는 마음이 두근거린다. 핸드폰에 열이 나도록 수다를 떨어도 끝이 나지를 않는다. 이렇게 톡톡 튀는 대화가 얼마 만인가.

알고 보니 그는 나보다 한참 어린 사람이다. 그런데 꼭 만나 보고 싶다고 조르다시피 한다. 열띤 대화를 나눈 지 고작 사흘이 흘렀으며, 만나는 그 순간 오히려 환상이 박살 날 것만 같다. 하지만 참기 어렵다. 이런 식의 교류는 눈을 가리고 무언가를 탐하고 있는 상태다. 엄청난 에너지를 요구하여서 빨리 눈을 뜨고 한편 쉬고 싶은 마음도 있었다. 숭고하게 무엇을 간직할 사이도 아니지 않나.

사실은 자신감에 넘쳤다는 말이다. 절대로 상처받을 리가 없다는 믿음. 거부당한 적이 없으며 그런 전쟁에서 패한 적이 없다는 자만심 같은 것. 무엇보다 다시 맛보고 싶은 건 가슴이 뛰는 그런 느낌. 유혹을 이기지 못한 채 약속 장소에 가는 동안 설레었다.

그 찻집은 강변대로의 끝자락에 있었다. 이제 커피를 마셔야 할 시간. 마스크를 벗고 처진 얼굴이 드러나는 순간, 그 어린 사람은 차마 감정을 숨기지 못했다. 실망하고 또 실망한 그의 마음. 우리가 눈을 가리고 열을 내며 상상만 하였을 때 그리도 매혹적이던 시간이 조용히 끝났다. 단지 아는 사람으로 남기에는 너무 늦었다.

돌아오는 길은 씁쓸하였다. 모든 것에는 때가 있다는 만고의 진리를 잊어버렸으니 정말 창피하다. 서둘러 그 사람을 차단하였으니, 행여 그의 소식을 기다리게 된다면 비참할 거다. 그렇게 마음을 잘 정돈한 후에 펼쳐 볼 영화는 〈로맨틱 홀리데이, The Holiday, 2006, 미국〉.

각각 런던과 미국에 살고 있는 두 여자의 이야기다. 비슷한 시기에 연인에게 상처를 받은 그들은 크리스마스 휴가 동안 혼자 질질 짜면서 외롭게 보내는 대신에 온라인 사이트에서 충동적으로 각자의 집을 일주일간 교환하기로 결정을 한다. Home

Exchange, 런던과 L.A, 그들의 비행 거리는 6,000킬로미터. 그렇게 바뀐 타인의 공간에서 각자 진정한 사랑에 빠지게 된다는 해피 엔딩에 도달한다.

이열치열. 로맨스 때문에 헤맬 때에는 로맨스 영화로 다스려야 딱 좋다. 그 주인공들은 겉으로 보아서 남들이 부러워할 정도로 잘나가는 사람들이지만 자신과 도통 맞지 않는 연인을 지키려 하는 동안에 상처받고 울면서 지냈다. 그렇게 아름답고 멋진 사람들도 뜻대로 할 수 없는 것이 연애인가 보다.

살면서 자존감이 바닥이 날 때, 그럴 수도 있는 거라고 위로를 받는다면 시간을 허비하는 것이 아니다. 어제 본 영화가 오늘을 잘 견디게 해 준다면 참으로 좋은 친구를 둔 셈이다.

오펠 아레나

2018년 여름. 프랑크푸르트 공항에 내렸을 때는 늦은 오후였다. 나를 픽업한 조교 '파비앙'은 이튿날 정오에 데리러 오겠다는 약속을 남기고 가 버렸다.

창 앞에 앉으니 숙소 주변은 잡풀들 천지인 평원과 낯선 철로뿐. 왼편으로 회색의 모던한 건물 끝자락이 보이고 오른편으로는 붉고 거대하며 낮은 건물이 있다. OPEL ARENA. 그렇게 적혀 있다. 두말할 것 뭐 있나. 저기에 가면 차도 마실 수 있을 것이고 밥도 먹을 수 있겠지. 마실 물이라도 사야 한다. 아직은 어둠이 내리기 전.

낯설다는 건 참 묘하다. 손잡이 모양도 넙적하게 다르고 페인트나 금속들도 다르다. 승강기 버튼에 적힌 숫자마저 다르게 보인다. 뭔가 다르다. 문을 여닫는 방법이나 구조들도 다르다. 다르면 달랐지. 이런 불안감은 뭔가. 독일어를 모른다는 사실이 스스로 켕기는지도 모른다.

카드와 약간의 현금을 챙겨 나서는데 비가 내린다. 바람이 불고 스산하지만 저 붉은 건물에 닿는 순간 따뜻한 것을 먹을 수 있을 것이라는 기대만으로 충분했다. 그 건물과 나를 각각 한 점으로 찍어서 직선을 그어 보니 가깝게 느껴진 것이다.

길은 거칠었다. 검정 소가죽 신발은 젖은 흙을 덮어쓰고 잡초 덤불에 긁히면서 철길을 넘었다. 닿을 듯, 닿을 듯. 생각보다 멀다는 것. 그래도 나타났다. 개미 새끼 한 마리 없고 그 흔한 자판기도 없다. 드넓은 주차장은 텅 비어 있고 조명을 밝힌 2층으로 올라가 보니 넓은 식당은 잠겨 있었다. 허탕을 쳤다. 수돗물을 그대로 마셔도 되는지는 정말 몰랐다. 그 물로 아기 분유를 타 먹여도 탈 없이 잘만 자란다는 말을 들었지만 믿기지 않았다. 덴마크 등 북유럽에서 빙하가 녹아내린 물을 그대로 마셔도 된다고 했지만 독일에서 그런 줄은 몰랐다.

캠퍼스는 드넓고 건물들은 낮게 분포하여서 자전거나 '트램'을 타고 다닌다. 트램을 타러 가려면 들판을 지나며 야생화들이 밟히기도 한다. '플라자'에서 타고 3~4 정거장 거쳐서 '운니베지테드

마인츠'라고 방송을 하면 내렸다. 바로 광장이 펼쳐지고 왼편으로 카페 그리고 문구점과 서점이 보인다. 그들의 규모는 작고 분위기는 아늑하다.

'요하네스 구텐베르크 마인츠 대학교'가 완전한 이름이다. 금속 활판 인쇄술로 유명한 '요하네스 구텐베르크'가 마인츠 출신이라서 그 이름을 단 것이라 한다. 정문으로 들어서면 오른편으로 이끼 낀 그의 석상이 보이고 둥치가 아주 굵은 나무들과 분수가 잘 어울린다. 왼편으로 처음 등장하는 건물은 법과대학이다. 그 건물의 왼편 숲으로 들어가면 카페테리아가 있는데, 그 실내도 좋지만 나이테를 드러낸 나무 탁자들이 널린 야외도 좋다. 나뭇가지 사이로 쏟아지는 햇살을 받으며 꿀벌이 날아드는 풍성한 식탁. 자주 갔지만 질리지 않았다.

법대 건물 입구에는 자전거들이 줄지어 있는데 금속 거치대 사이사이로 작은 들꽃들이 고개를 내밀고 있다. 그대로 둔다는 것, 꼭 필요한 이외에는 자연을 방치하다시피 한다는 것. 그런 점에 반했다. 로비에 들어서면 카페와 학생 식당이 있다. 내 방으로 가기 전 승강기 옆 그 카페에서 차나 커피를 주문한다. '글라스'에 달라고 하면 유리잔 값을 더 받은 후 반환할 때 돌려주는 구조다.

주변에는 눈을 씻고 보아도 상가가 없다. 편의점은 아예 없다. 트램과 버스를 타고 가끔 장을 보러 다녔다. 마켓에 가서 계란과 치즈 등을 샀지만, 꽃과 과일도 샀다. 일주일 동안 먹을 생각으로 산 청포도는 맛을 보는 순간 단숨에 해치워 버렸다. 꽃과 과일이 있는 식탁은 외로움을 덜어 주지만 멀리 마주 보는 '오펠 아레나'의 붉은빛은 더욱 좋았다. 그 붉은 건물이 조명에 몸을 바친 아름다운 모습을 바라보며 혼자 저녁을 먹을 때면 한없이 나를 바라보고 있는 바로 그 존재, "오펠 아레나"가 마치 연인과 같다.

그날은 일요일. 작열하는 여름 햇살을 차단하려고 금속 블라인드가 중앙 집중식으로 작동되는 소리에 놀라서 깼다. 차양의 틈을 아주 가늘게 열어 빛을 조절하고 찻물을 끓였다. 밖이 소란스러웠지만 관심을 두지 않았다. 출입문 앞 커다란 나무 아래에서 가끔 외국인 가족들이 파티를 하던데. 그래도 그렇지, 시간이 흐를수록 너무 시끄러웠다. 놀라워라. 피난 행렬은 절대 아니다. 음악이 울려 퍼지고 마이크 방송도 하고 물밀듯이 사람들이 몰려간다. 홍수다. 모두 그 붉은 건물을 향하고 있다.

서둘러 샤워를 하고 먹을 것을 챙겼다. 생수 한 병도 살 수 없다는 것은 이미 첫날에 경험하지 않았나. 사과와 빵을 챙겨 그 행렬을 따라나섰을 때는 한적하였다. 푸드 트럭과 천막들이 들어서 있고 주차장은 빽빽하고 자전거와 바이크가 넘쳐 난다. 이 무슨 일인가.

매표소에는 아직 줄 선 사람들이 있었다. 나도 줄을 섰다. 그동안 성악가의 노래 소리인 듯 들려왔으니 야외 음악회일 수도 있겠다.

"입석으로 드릴까요."
"아니오, 제일 좋은 자리로 주세요."

말은 영어로 했지만 티켓은 독어로 적혀 있다. 29유로. G 블록. 슈투트가르트. 분데스리가. 이런 건 읽을 수 있다. 아, 축구다, 축구. 이런 횡재가 있나. 나는 축구를 좋아한다.

가슴이 후들거릴 정도로 흥분하여 입장을 하였는데 사방이 관중들로 꽉 찬 상태다. 나의 좌석은 골대를 바라보는 면의 정중앙인데, 음악회 도중에 들어가면 실례인 것처럼 통로에서 머뭇거리고 있으니 경비원이 거칠없이 들어가라고 한다. 딱 한 자리. 내 자리만 비어 있다. 전반 10분 정도 경과한 듯. 34,000여 명을 수용할 수 있다는 그 최고 중심에 내가 한 점으로 박혀 앉았다는 사실에 그저 놀랍다. 아무것도 의도하지 않았음을 스스로 믿을 수가 없다.

나의 붉은 연인 '오펠 아레나'의 정체는 독일의 다목적 경기장이었고 그날은 '2018-2019 분데스리가 시즌' 마인츠 대항 슈투트가르트 축구 경기가 있었다. 사람들은 키대로 서서 수시로 들락거렸다. 투명한 컵에 든 맥주를 사 들고 와서 마시고 또 사러 간다. 그들은 시가도 피우고 궐련도 피운다. 기절할 뻔했다. 세상에, 텅 빈 축구장에서 홀로 피운다고 하여도 놀라 자빠질 일을. 다닥다닥 붙어 있는 이 어마어마한 인파와 함성 속에서 피워도 될까요. 하지만 너무 자연스러워서 물어볼 필요도 없다.

처음에는 옆 사람도 나도 서로 낯설었다. 하지만 마인츠가 선제골을 넣었을 때 함께 일어나서 춤을 추었다. 후반전을 기다리며 빵과 사과를 먹었고 담배를 피웠다. 그때 그 느낌은 이루 말할 수 없다. 푸른 하늘과 흰 구름이 그렇게 가까웠던 적이 언제였던가. 외로웠지만 달콤한 자유. 차라리 충격이었다. '아아, 반드시 다시 올 테야. 오펠 아레나.'

다시 한 번 거기에 꼭 가리라던 그 마음이 점점 희미해져 가는 무렵. 지금은 2020년 봄. 신종 코로나 바이러스가 인류를 무차별적으로 공격하는 중이다. 3차 세계 대전에 버금가는 위기라고 한다. 뉴욕은 9.11 테러 사태보다 더 많은 사망자가 발생하였으며, 전 세계 인류 중 감염자가 120만 명을 가파르게 넘어서는 중이다. 시체 안치실이 부족해서 아이스 링크장과 냉동 트럭도 모자라 주차장을 빌리는 지경이니 이별의 예식조차 불가능하다. 사망 즉시 소지품까지 즉각 화장하는 일이 오히려 예의다. 어떻게 차마 이런 식으로 너와 내가 헤어질 줄이야.

찰스 왕세자와 존슨 총리도 감염되었고 스페인 공주는 사망하였다. 이 역병은 중국을 범람하여 한국과 이탈리아와 이란을 덮친 후 프랑스와 스페인과 영국 등으로 번져 유럽과 미국까지 삼키는 중이고 아프리카와 남미도 초긴장이다. 미국은 유럽을 차단하였고 유럽연합도 각각 국경을 폐쇄하였다. 증시 대폭락과 금리 제로의 시대. 도쿄 올림픽은 취소될 위기에 처했다. 대한민국을 차단한 나라는 170개국을 넘어서서 인천 공항은 텅텅 비었고 비행기는 발이 꽁꽁 묶였다.

'신종'이라는 말은 아직 너를 잘 모른다는 말. 백신도 없고 치료제도 없다. 에이즈와 말라리아 치료제로 우선 처방을 하고 있지만 특효는 아니다. 기침의 비말이 원인이라고 하지만 공기로 전파되는지 애매하다. 열이 없고 기침을 하지 않는 무증상자도 전파할 수 있다 하니 마스크를 써야만 한다. 마스크 쓰기가 정말 싫다. 내심 버티던 나도 별수가 없다. 그런 건 절대로 쓰고 싶지 않다는 정서를 가진 유럽과 미국 등도 마침내 승복하였다. 모든 모임은 연기되거나 취소되어 기약이 없고 학교 개학은 언제가 될지 모른다. 대학은 온라인 강의를 또 연장한다고 연락이 왔다. 전 인류가 사회적 거리 두기를 하는 중이다. 사람들은 집에 갇혔다.

지독한 통증. 사망자의 폐는 하얗게 변색되어 있었다. 코로나 확진 후 사투를 벌이다가 회복한 지인은 '끔찍한 통증'이 트라우마로 남았다 했다. 음압 병동에 갇혀 인공호흡기를 달고 있는 상상만 하여도 끔찍하다. 목이 조금만 아파도 걱정, 콧속이 가려워도 걱정, 기침을 하면 신경이 선다. 손을 비누로 수십 번 씻는다. 피가 나도록 손을 씻어도 마음의 불결한 얼룩이 사라지지 않는다던 '멕베스' 부인처럼. 이러다 손금이 남아나려나.

마스크 한 장에 의지하여 약국과 집을 오가려니 참으로 갑갑하다. 그런데 벗으면 오히려 허전한 지경이 되어 버려서 어제는 그 대신 수면 안대를 쓰고 잤다. 무엇보다 사람이 그립다. 혼자 있는 시간을 좋아한다 했지만 지친다. 금요일 저녁 합창 수업에 가고 싶고, 화요일 저녁 민화 수업에도 가고 싶다. 인파에 휩쓸리고 싶다. 공항에서 수화물을 눈이 빠지게 기다리던 혼돈도 그립고 환승이 길어질 때 지겹다 했던 공항 면세점도 그립다. 다시 비행기가 뜨는 그날이 오면 제일 먼저 '오펠 아레나'에 갈 수 있을까.
그런 생각을 하면 참 좋다.

울란바토르

몽골에 대하여 아는 거라고는 소설책을 읽은 것이 전부다. 칭기즈 칸(테무진)이 몽골 제국을 통합하는 과정을 묘사한 '조드'를 통하여 그 작가가 표현한 딱 그대로의 몽골을 알게 되었다.

몽골은 야망과 정복의 땅이다. 광활한 초원과 평온, 일출과 일몰, 늑대들의 송곳니와 피 울음, 천둥 노도와 같은 말들의 질주. 겨울밤을 가르는 짐승들의 뜨거운 콧김과 헐떡임이 생생하여서 책을 읽는 동안 야성의 수혈을 받는 느낌마저 들었다. 늑대도 되어 보았다가 달리는 말도 되어 보았다가 그 초원의 강풍과 살얼음이 심장을 강타하는 날들이었다.

"자무카"가 죽음을 선택하던 소설의 말미는 비탄 지경이었다. 어린 시절 '안다 의식'을 세 번이나 맺어서 의형제로 지낸 자무카와 테무진. 비록 정치적으로는 적이지만 인간적으로 형제와 다름없는 자무카를 살리려고 테무진은 애원하다시피 회유를 한다. 하지만 자무카는 죽기를 청한다. 살기를 거부한다.

"천하가 이제 자네를 위해 준비되어 있는데 내가 무슨 도움이 되겠나? 오히려 자네 옷깃의 이, 자네 옷깃 아래의 가시가 될 것이네."

콕콕 찌르는 가시가 되면 어떻고 피를 쭉쭉 빠는 이가 되면 어떤가. 살려 준다고 하는데. 일단 살고 볼 일이 아닌가. 살 수 있는데 살기를 포기하는 사람을 뭐라고 불러야 하나. 그 바보 같은 남자, 자무카. 그 사람 때문에 애통하였다.

언젠가 거기에 가리라. 자무카의 "어쩔 수 없음"을 애도하리. 초원의 바람이 그의 숨결이고 손결이 되어 우리를 포용하게 하리라. 그런 마음이 영원하였다면 좋았겠지만 그 소설책이 바래지고 책벌레가 생길 무렵 내 마음도 그 책의 지경이 되었다. 자무카가 누군데?

그 사람 때문에 울었던 나는 이제 존재하지도 않는데 그는 오히려 소설에서 걸어 나온 것일까. 지난여름 "몽골 의료 봉사" 열흘 일정으로 울란바토르를 향하게 되었다. 방구들을 지고 책을 읽었으면 읽었지 봉사 같은 건 체질이 아니다. 남들 앞에서 뭐 하는 짓이고. 정말 착한 사람이 그러면 날개까지 돋을 일이다. 그런 식이던 내가 몽골의 수도 '울란바토르'라는 행선지를 듣자마자 즉각 합류를 한 것이다.

자무카. 그 사람을 어쩌면 연인으로 여겼던 마음조차 바싹 말라 버렸지만 차마 시든 꽃을 버리지 못하고 벽에 걸어 둔 사람처럼 몽골은 그 정도 그리움으로 남아 있었다. '칭기즈 칸 공항'에 내렸을 때 야속하게도 나의 자무카는 장미꽃을 들고 기다리고 있지 않았다. 절대 일어날 수 없는 일을 기대한 자신에 대한 실망도 상심은 상심이라 할 것이다. 숙소는 노보텔. 호텔은 신식이지만 니스 냄새 때문에 잠을 설쳤고 배수가 잘 되지 않아서 내일은 꼭 방을 바꿔 달라고 하자고 마음을 달래며 잠이 들었다.

일요일에 도착하여 전열을 정비한 우리들 일행 50여 명은 월요일부터 전투에 투입되었다. 약사, 의사, 간호사, 한의사, 행정 요원들까지 격전의 날들이었다. 몰려드는 환자들 때문에 점심을 거를 지경이었는데 그중에서도 약국 업무가 특히 녹록지 않았다. 봉사 전날 늦은 밤까지 약국을 세팅해야 했고 '성긴헤르한구'에서 이틀을 봉사한 후 약국을 걷어서 다시 '칭길태구'에 약국을 차려야 했기 때문이다. 이틀 간격으로 개업과 폐업을 반복하면서 약장에 약을 진열하고 거두는 일도 장난이 아니었다. 그렇다고 먼저 일을 마무리한 직군들이 땡하고 우리를 저버리고 간 건 아니다. 그들도 우리를 도와주거나 기다려 주어서 함께 숙소로 복귀를 하였다.

손가락 관절이 불편했던 나는 주로 복약 지도를 했다. 통역은 매우 훌륭했다. 몽골주재대사관 직원으로, 육아 휴직 중이었고 이화여대 한국어과 대학원을 국비로 유학한 재원이었다. 생활비까지 지원을 받았다고 하니 그 실력은 짐작할 만하다. 다른 분들도 물론 출중하였지만 처음부터 끝까지 그분을 고집하다 보니 그녀가 차츰 나 자신이 되는 것만 같았다. 어느 시점이 되자 나는 점점 말을 적게 하게 되었고 그녀는 점점 말을 많이 하게 되었다. 이제 "아" 하면 "척" 하는 경지로 발전을 한 것이다.

점심시간이 되면 그녀는 퉁퉁 불은 젖을 짜러 갔다. 우유병에 담아서 아기에게 가져가서 먹인다고 했다. 그녀가 점점 좋아지는 만큼이나 어떻게 사랑을 받고 사는지 궁금해졌다.

"남편은 어떤 일을 하시나요?"
"그냥 집에서 지냅니다."

산후조리를 해야 할 그녀가 일을 하러 나온 것도 마뜩찮은 마당이라 그만 입을 다물고 말았다.

마치 잔칫날이라도 되는 양 현지 사람들은 전통 의상을 차려입고 오는 경우도 많았다. 대개 노인들이 그랬다. 그런 모습을 사진으로 담아 가고 싶다고 부탁을 하면 단 한 사람도 싫다고 하지 않았다. 자랑스러운 듯이 자세를 취해 주었다. 초원의 햇빛과 바람에 잘 말려진 건포도처럼 오글거리는 노인들의 피부를 감싼 얇은 비단의 조화가 어쩌면 그리 아름다울까. 어울리지 않는 것들끼리 만나서 저리 아름답다는 말인가. 평생 어떻게 살았는가. 거친 손과 투박한 피부는 그 어린 비단 천에 싸여 죽음을 향하고 있었다.

어린 소녀도 붉은 전통 의상을 입고 왔다. 마치 원나라의 노국 공주가 어린 시절 저랬을까 싶었다. 몽골 제국은 원나라로 이어졌고 그들은 고려를 발판으로 일본을 정복하고자 하였기에 고려의 왕들은 원나라 공주와 혼인하도록 강제되었다. 공민왕은 노국 공주를 아내로 맞았는데 첫날밤부터 총명하고 지혜로우며 아름다웠던 그녀는 백성들의 사랑까지 한 몸에 받았다. 소설 「다정불심」 속에서 특히 아름답게 묘사되었던 그녀가 현현한 것은 아닐까. 그런데 그 소녀는 아래가 아프다고 하였다. 아직도 어린데 이건 뭔가.

"혹시 부모님과 함께 왔나요?"

"혼자 왔습니다."

차마 섹스를 하느냐고 물어보지는 못했고, 그녀는 가 버렸다. 하지만 보호자 없이 왔기 때문에 의심이 더 올라왔다.

"저 아이가 강간당하고 있을지도 모른다는 의심이 들지 않나요?"

"알코올 중독인 남자들이 정말 많습니다. 부모가 알코올 중독이거나 방기를 하는 가정 환경에서는 아이들이 방치되고 있는 실정입니다."

"게르는 열린 주택 구조인데 만약 누군가가 덮치면 어떻게 하나요?"

"부모들은 말을 타고 나가서 따로 들판에서 성애를 나누고, 아이들은 7살이 되면 기숙 학교로 보내지기 때문에 성에 노출될 기회는 없습니다."

통역이 이렇게 설명을 하였음에도 뭔가 석연치 않고 암암하던 나의 마음이 승마 체험을 하던 날은 쾌청해졌다. 말을 다루는 순간 그들의 기상은 위대하였다. 비록 입성은 초라해 보였지만 자무카와 테무진이 광야를 질주하던 원시의 힘이 마부들의 근육과

뼈를 채우고 있었다. 남녀를 불문하고 그들은 전사였다. 전사의 제국. 야성의 순결은 초원에서 정말 빛났다.

그들이 여전히 위대하다는 것을 바라보는 건 기쁜 일이었다. 하지만 그토록 위대했던 제국이 어이하여 번영을 멈추고 쇠락하고 방치된 것만 같은 느낌을 주는 것인지 아쉬움을 금할 수 없었다. 돌아오는 길에 누군가가 외쳤다.

"몽골이 딱 지금만큼만 그대로 있었으면 좋겠어요. 더는 발전하지 말고 딱 이대로."

그는 테를지 국립공원 단체 관광을 하는 대신에 고비 사막을 다녀온 직후였으니 자연에 흠뻑 도취된 그 기분을 알 것도 같았다. 하지만 나의 생각은 다르다. 진정한 문명이라면 인간을 쾌적하게 해 줄 의무가 있지 않을까.

은밀하고 조용하게

'이탈리아에서는 남자를 조심하라'는 말을 들은 적이 있다. 특히 그 눈을 바라보면 매혹되어서 집으로 돌아가기 어려울지도 모른다고 했지만, 사실 별로 공감하지 못했다.

북유럽은 달랐다. 특히 덴마크나 스웨덴 남자가 매력적이다. 참 잘생겼다. 그런 감탄이 나오게 만드는 건 여자도 마찬가지다. 빙하 계곡으로 가던 날, 우리가 탄 마차를 몰던 그 처녀는 유두가 비칠 것만 같은 슬리브리스 면 티셔츠 한 장에 반바지만 걸친 차림이었는데 그 탄탄하고 생생한 아름다움에 눈이 부셨다. 그런 아름다움에 무슨 비밀이 있으랴. 그 비밀을 건드린 덴마크 영화가 〈미결처리반Q: 순수의 배신〉이다. 덴마크 작가 '유시 아들레르 올센'의 소설을 원작으로 한다.

1961년, 사촌과 사랑에 빠진 그 소녀는 자신의 아버지에 의하여 외딴섬으로 추방된다. 양육권을 전적으로 넘겨받은 사람은 "소녀의 집"의 원장. 그가 허락하지 않는 한 탈출은 불가능하다. '금지된 사랑'에 빠져드는 속성을 개조하여 순정한 사람이 될 때까지 교육을 받고 갱생되어야 한다. 그녀는 오히려 그 섬에서 훼손된다. 간호사는 기괴하고 변태적이며, 룸메이트는 창녀의 기질을 발휘하고, 그 격리 시설의 단 한 명의 의사이면서 원장이라는 인물은 전권을 휘두른다. 특히 그 세 사람이 폭력의 중심인물이다.

그 섬에는 '사리풀'이 흔하여 차로 애용하였다. 그 차를 소량 마시면 마약 버섯이나 마리화나를 사용하는 것처럼 환각에 빠진다고 한다. 뜨개질을 하고 있던 소녀는 그 차를 마시지 않겠다고 저항하였지만 소용이 없었다. 강제로 '사리풀 차'를 마시게 한 후 치마를 걷어 올리고 음란한 파티를 강요한다. 성추행으로만 그치지 않는다. 사랑하는 사촌의 아이를 임신한 어린 여자. 그녀의 몸에서 임신의 기미를 눈치챈 룸메이트는 그녀를 고발한다. 사지를 결박당한 채 낙태 시술을 받게 된다.

영원할 것만 같았던 그 섬의 지옥은 몇 년 후에 무너졌다. 사회복지부장관이 그 격리 시설을 해체한다고 발표를 했다. 하지만 그 소녀는 사랑하는 사람에게 돌아가지 못한다. 자신이 낙태만 당한 것이 아니라 비밀리에 불임 시술을 받아서 더 이상 아이를 가질 수 없는 몸이라는 것. 더럽혀진 사람은 사랑으로 돌아갈 용기가 없다. 남은 생은 복수에 바치게 된다.

봉인된 비밀은 미이라의 한숨처럼 드러난다. 코펜하겐의 낡은 아파트 내부 공사를 하려고 벽을 허물었을 때, 세 구의 미이라는 각자 찻잔을 앞에 놓고 사인용 식탁 앞에 둘러앉아 결박되어 있었다. 의자 하나는 비어 있는 상태. 처음에는 그 소녀와 창녀, 그리고 변호사 한 사람인 것으로 그들의 신원이 밝혀졌다. 폭력과 추행을 일삼았던 중심인물 세 사람 중에서 간호사와 의사는 없었고 오히려 그 소녀가 시신으로 발견된 것이다. 수사 결과 그 변호사는 인종 청소 집단을 옹호하고 변호하는 인물이었고, 창녀는 그 소녀의 룸메이트였으며, 그 소녀의 시신은 징표들을 인위적으로 남겨서 위장된 것이었다. 즉, 간호사가 살해당한 것이다. 그 소녀는 남은 생을 그 간호사의 신분으로 살아간다.

오랜 세월에 걸쳐 치밀하게 계획된 복수. 그 복수의 순간을 위하여 그녀는 철저하게 그들과 한편인 척하고 살았다. 최후의 만찬. 그날. 하필이면 그 의사가 불참하였다.

"사리풀 차를 많이 마시면 체액이 녹아내려서… 바싹 말라…"

복수를 위하여 선택된 독물은 바로 그들이 즐겨 마시던 '사리풀 차'였다. 맛은 쓰고 달며 성질은 차고 유독한 그 식물이 바로 복수의 무기가 되었다.

만찬에 참석하지 못한 그 의사, 바로 그놈을 죽여야 복수가 완성될 텐데. 그럴 무렵에 첫사랑 그 남자와 재회를 하게 된 그녀는 그의 극진한 위로를 받으면서 살아가게 된다. 그 소녀의 복수는 무망해지고 그렇게 살아남은 그 의사는 고명하고 저명한 인물이 된다.

우생학적 인종 청소. 설마 영화에 불과한 이야기겠지. 하지만 현실이었다. 독일의 유대인 학살은 말할 것도 없으며, 보스니아 내전(1992-1995)에서 8,000명이 넘는 이슬람계 주민들이 '인종 청소'라는 명목으로 학살되었다. 또한 미국 정부는 원주민 여성의 절반 정도에게 비밀리에 강제 시술을 한 사실을 인정하였다. 특히 북유럽 국가들은 우생학적 견지에서 강제 불임 시술을 행하였다. 덴마크는 1929년부터 1967년까지 국책 사업으로 정하여 11,000여 명에게, 스웨덴은 1920년대부터 1976년까지 60,000여 명에게 낙태 불임 수술을 실시했다는 사실이 폭로되었다.

이제 북유럽 사람들이 잘생겼더라는 말은 조심해야 하겠다.

사전 정지 작업의 결과일 수도 있다는 사실을 미처 몰랐다. 강제 불임 시술은 그 시절의 국가 정책이었고, 사회적으로 열성인 인자를 제거하여 건강하고 아름다운 인종으로 강화되도록 인위적으로 유전적 청소를 한 것이란다.

"열등 인간을 제거함으로써 사회 문제를 해결할 수 있다."

그런 신념에 따라서 정치권과 의료계가 조용히 결속하는 일. 은밀한 약속. 설마 오늘날에도 그런 일이 있으랴.

살아남은 그 의사는 멈추지 않았다. 거대한 의료 재단을 운영하면서 커넥션을 형성하고 낙태를 하러 오는 젊은 난민 여성에게 똑같은 짓을 저지른다. 비밀리에 불임 시술을 한다. 사회적으로 제거해야 할 대상을 정하고 청소하는 일이 지금도 진행되고 있을 것이라는 의심이 드는 것이다. 어쩌면 난민 문제로 골머리를 앓고 있는 유럽 사회의 조용한 해결책으로 적합하지 않겠나.

획일적이고 강제적인 것은 정체를 드러내지 않는다. 그에 거슬리면 은밀하고 조용하게 이 사회에서 솎아 내어질 뿐. 남은 존재는 더욱 빛나고 강하고 아름다울 것이다.

이번에는 실패다

인체에서 가장 관능적인 장기는 어디인가. 사람마다 다르다지만, 그것은 뇌(腦)라고 한다. 머리에 박힌 단 한 사람. 이 세상에 하고 많은 사람들 중에서 오직 그 사람이어야만 한다는 집착의 이유가 그런 것인지도 모른다.

프랑스 남부 지방, 라벤더 농장주의 첫째 딸인 그녀가 집착하는 대상은 그녀의 문학 선생님이다. 잠들기 전 침대에서 「폭풍의 언덕」의 활자들을 하나하나 혀로 핥으며 그리워하는 장면은 어느 정사 장면보다 뜨겁다. 이토록 조숙하면서도 미숙한 그녀의 정염(情炎)을 티끌만치도 이해하지 못하는 그 고리타분한 선생은 사람들 앞에서 그녀를 화악 밀쳐 내며 모욕적으로 거부한다.

거부당한 슬픔과 뒤엉킨 갈망 속에서 그녀는 미쳤거나 화가 난 상태로 지낸다. 보통 사람의 길을 걷기가 어렵다. 순수하고 뜨거운 그리움을 안고 모멸의 늪에 처박힌 그녀는 정상 궤도에서 벗어난 상태로, 벌거벗은 몸을 함부로 드러내는 지경이 된다.

이런 그녀를 바라보는 한 남자가 있다. 그는 이탈리아 사르데냐 출신의 가난한 노동자다. 그의 시선을 포착한 그녀의 부모는, 딸이 미쳤다고 생각하던 차에 결혼을 빌미로 그에게 떠넘긴다. 그리하여 원석을 줍게 된 이 남자는 그녀를 아름다운 보석으로 정련하기가 어렵다. 절대로 그를 사랑하지 않겠노라 질색을 하는 아내를 취하는 대신에 따로 창녀에게 간다. 어느 날, 그런 돈을 차라리 자신에게 달라는 조건을 걸고, 그녀는 임신을 하게 되지만 신장 결석의 산통(疝痛)을 겪으면서 유산이 된다.

격렬한 통증을 발작적으로 유발하는 그 결석을 치료하기 위하여 스위스의 고급 요양 병원에 입원한 그녀는 바로 거기에서 운명적인 사랑을 만나게 된다. 그토록 갈구한 사랑의 대상은 젊은 장교다. 그는 인도차이나 전쟁 중에 부상을 당해서 아편으로 견디고 있는 매우 위중한 상태이고, 그녀 역시 격통을 진정시키기 위한 약물에 취한 채 몽롱한 상태로 지낸다. 그들의 사랑은 이런 혼미한 지점에서 완성된다. 드디어 육체와 영혼이 합일하는 완벽한 순간을 맛보게 된다.

남편의 마음 따위는 안중에도 없다. 진정한 사랑은 그 젊은 장교뿐. 그와 나눈 사랑으로 임신을 했다고 믿는 그녀는 그에게 하염없이 편지를 쓴다. 하지만 자신을 데리러 오기로 굳게 약속한 그 연인은 묵묵부답이다. 답장이 없다.

오직 그를 기다리는 애달픔으로 삶을 지탱하는 그녀의 애절한 편지들은, 사실 그녀의 남편이 묶음으로 보관하고 있었다. 그 장교는 진작 사망하였고, 이 세상에 존재조차 하지 않는 사람이었다. 그러니까 완전한 밤을 보낸 그 남자는 그날 면회를 왔던 자신의 남편이었던 것이다.

"왜 진작 말하지 않았어요?"
"당신을 살리려고."

아주 오랜 시간이 흐른 후, 진실 앞에 마주 선 두 사람. 오직 환상을 먹고 살아가는 아내를 향하여 제발 정신 좀 차리라고 강요하거나 윽박지른 적이 없는 그 남편. 항상 참고 기다려 주고 묵묵히 지켜 준 그 사람은 비로소 그녀의 자발적인 사랑을 받게 되었다.

어쩌면 나도 그렇게 헤매고 사는 건지 모른다. 환상에 사로잡혀 현실을 하찮게 여기면서. 하지만 그런 것이 인간의 약점이자 강점이 아닐까. 혼동하고 방황할 자유에 놓여서 상처투성이가 되는 거다. 하지만 '사랑은 환상이 아니라 현실 속의 힘'이라는 사실을 기꺼이 받아들이게 만드는 그녀의 연기는 그래서 더욱 깊이 와닿았다.

'내 곁에 있어 주지 못하는 사랑은 환상에 불과한 거다.'
어디 몰랐을까. 그런 환상에서 헤어 나오기 싫을 뿐이다. 그런데 그녀 때문에 수긍은 물론이고 반성까지 하고 싶어졌으니 놀랍다. 환상이여, 안녕. 나는 이제 현실 편이야.

감동한 나머지 곱씹었다. 이 영화 〈달나라에 사는 여인, From the Land of the Moon 2019, 프랑스, 벨기에, 캐나다〉의 원작은 「Mal de Pierres」돌멩이 병, 즉 결석(結石)을 뜻하고, 주인공은 신장 결석을 앓는 한 여인이다. 그녀를 빼어나게 묘사한 배우 '마리옹 코티야르(Marion Cotillard)'는 1975년 프랑스에서 태어났으며, 영화 〈라 비 앙 로즈〉로 2008년에 아카데미 여우주연상을 받았다고 한다.

너무 잘 알려진 이야기라서 지나쳐 버렸는데 그녀가 주연이라면 보고 싶다, 〈라 비 앙 로즈, The passionate of Edith Piaff, 2007〉

'장밋빛 인생'은 프랑스 샹송계의 왕으로 추앙받는 '에디트 피아프'의 생애를 담은 영화다.

그녀는 친할머니가 운영하는 매춘 업소에 맡겨져 성장하여서 그런지, 엄마와 아빠의 사랑에 목말라하면서 지독하게 외로움을 타는 편이다. 그런 그녀가 사랑한 사람은 하필 유부남이다. 그는 알제리 출신의 권투 선수로 미들급 세계 챔피언에 오르게 되지만, 그런 유명세를 얻기 이전에 그들은 사랑에 빠졌다. 그렇지만 그 남자는 자신의 아내와 아이들을 계속 잘 돌보려 하였고, 그녀는 이 사랑에서 오직 헌신만 하리라 다짐을 한다.

그를 얼마나 애타게 기다리는지. 친구들과 파티의 화려함 속에 있더라도 오직 그를 기다리는 마음뿐. 일분일초가 그에게 매달려 있다. 옷을 입고 단장한 채 웅크리고 잠이 들어서 그의 입맞춤으로 잠이 깨는 환영으로 버티는 나날들인데. 하늘도 무심하시지, 그녀를 만나러 오던 중 그가 탄 비행기가 추락한다. 그의 죽음을 어떻게 받아들일 수가 있나. 그 지독한 슬픔의 비명이 '사랑의 찬가(Hymne àl'amour)'다.

집착할 대상을 잃어버린 그녀는 자신을 내팽개치면서 함부로 살아간다. 관절염과 불면증, 약물 중독, 알코올 중독, 자동차 사고, 위궤양 수술 등의 악순환 속에서 정신마저 오락가락하던 요양원 말기 무렵에야 극적인 위로를 만나게 된다.

"Non, je ne regrette rien. 아니요, 후회하지 않습니다."

안하무인이고 괴팍한 그녀가 이 노래의 한 소절을 듣자마자 열정적으로 외친다.

"마음에 들어. 마치 평생 기다려 온 내 노래 같아."

그토록 망가진 몸으로 어떻게 무대에 설 수가 있었는지, 어디서 그런 목소리가 나왔는지 참으로 모를 일이다. 이 노래는 "네가 없는 이 세상은 형벌 그 자체"라는 통곡으로 들린다. 그녀는 1963년 당시 47세의 나이로 파리의 페르라셰즈 묘지에 묻혔다.

아아, 이를 어쩌나. 현실에 충실하려는 순간, 이 노래가 성난 파도처럼 덮쳐 오는 것 같다. 인생은 장밋빛이어야 한다고. 고통 없는 사랑은 이미 사랑이 아니라고.

아무래도 이번에는 실패다, 아직도 비탄(悲嘆)이 더 아름답다는 생각이 승하다. 누군가를 기다리는 이 마음을 차마 지우지 말자.

오지 않는 편지를 기다리는 비참함에 흠뻑 젖어서 지내면,

"너무 오랫동안 소식을 전하지 못하여 미안."

그렇게 시작되는 그의 편지가 올 것이다.

이지 걸

"The most important thing in life is choosing a profession: Chance holds the key. 일생에 가장 중요한 것은 직업의 선택이다. 그런데 그것을 좌우하는 것은 우연이다. /파스칼"

이런 글귀로 영화가 시작된다. '인간은 생각하는 갈대'라는 말로 유명한 '파스칼'은 프랑스의 심리학자, 수학자, 물리학자, 발명가, 작가, 철학자 등으로 알려진 인물이다. 영화를 잠시 정지하고 생각했다. '일생에서 가장 중요한 것이 직업의 선택'이라는 말이 새삼 가슴에 닿았다.

그리고 작은 해안에서 한 소녀가 유영(遊泳)하는 장면으로 이어지는데, 그 물빛과 포물선이 정말 아름답다. 이 영화의 배경은 '칸'이다. 매년 5월에 열리는 '칸 영화제'로 유명한 그 도시를 비롯

한 프랑스 남부 연안의 휴양 도시들은, 지중해를 사이에 두고 아프리카와 인접하여서 난민들이 많이 정착하기 때문에 빈부 격차가 크다고 한다.

그 소녀는 가난한 세계에 산다. 열여섯 살, 그녀의 여름 방학에 사촌 언니가 온다. 그 언니의 몸매는 아찔할 정도로 유혹적인데, 사실 자신의 몸을 이용해서 부유한 남자를 후리면서 살아가는 부류에 속한다. 그렇지만 어린 소녀는 생일 선물로 명품 백을 주는 그 언니에게 혹(惑)해서 늘 붙어 다니게 된다.

그들의 대척점에 두 남자가 있다, 한 남자는 돈과 욕망의 화신이라면, 다른 한 남자는 책을 즐기고 사색을 좋아하는 타입이다. 그들이 타고 온 요트에는 하인들도 거주를 하고 있다. 그렇게 크고 화려한 요트가 칸에 정박한 그날, 아주 쉽게 그 남자를 유혹한 그녀는 그 요트에서 밤을 보내게 된다. 언니와 함께 집에 돌아가려고 기다리던 그 소녀가 엿보게 된 것은 침실의 쾌락이었고 다시 소파로 돌아가서 잠을 설치다가 아침을 맞게 된다. 다른 한 남자는 욕망을 채우려 들지 않는다,

사촌 언니는 그 대가로 주어진 신용 카드를 들고 명품 쇼핑을 한 후에 그의 전화를 기다린다. 적어도 먼저 연락을 하지 않는다

는 철칙(鐵則)을 지킨다. 사흘 후, 드디어 그 남자로부터 전화가 온다. 그런 식으로 부자들의 파티에 초대된 그들은 마치 부유한 삶의 일원이 된 것처럼 탐닉한다. 하인들이 내비치는 경멸 정도야 모른 척하면 그만이다.

그렇게 지내자니 현실은 시시하기만 하다. 소박하고 가난한 남자 친구와 어울려 다니던 일이 별것도 아니어서 그와의 약속을 예사로 어기게 된다. 다른 세상은 얼마나 황홀한가. 지질한 생활로 돌아가고 싶지 않다. 영영 그런 세상에서 살고 싶다.

그 환상의 성(城)이 박살 나던 날, 침실의 격렬한 행위가 끝나자마자 제대로 몸을 가릴 겨를도 없이 새벽녘 부두로 내쳐진다. 황금 장식을 훔쳤다는 죄명(罪名)으로 하인들이 구타 직전의 기세로 몰아낸다. 물론 그 대단한 황금 장식물은 그대로 그의 품에 잘 있다. 단물 쪽쪽 빨아먹은 후에 도둑년으로 몰아서 패대기친 것이다.

욕망의 꿀단지에서 기어 나온 그 남자는, 꼭 그런 식으로 사람을 쫓아내어야 하느냐는 비난 어린 시선을 던지는 다른 남자에게 딱 한마디 한다.

"결혼할 것도 아니지 않아?"

누가 결혼하라고 했나. 적어도 사람답게 헤어질 수는 있었을 텐데. 옴에 걸린 똥개를 밀쳐낸다 해도 차마 그렇게야 하리오.

모멸(侮蔑), 그 사촌 언니는 일체 말문을 닫고 조용히 런던으로 떠나 버렸다. 아무리 몸을 함부로 굴리지만 자신이 어떤 대접을 받았는지는 알겠지. 엄마가 갑자기 돌아가신 후, 그 슬픔과 상실감 때문에 그런 선택을 하게 되었다는 건 자신만의 변명일 뿐이다.

어쩌면 그 언니처럼 살고 싶었을 그 소녀는 이제 요리사가 되기로 결심을 하고, 엄마가 메이드로 일하고 있는 호텔의 식당으로 실습을 나간다. 처음에는 설거지나 바닥 청소 같은 일로 시작할 테지만 그건 엄마의 닦달에 의한 것이 아니라 그녀의 자발적 결정이라는 점이 중요하다. 깊이 고민하는 과정을 거쳤으니 최선을 다할 수 있을 것이다. 선택의 기로에 놓인 사람은 자신이 얼마나 소중한 존재인지 먼저 깨달을 수 있다면 정말 좋겠다.

나도 혼란을 느낀 적이 있다. 대학 초년 시절, 서울에서 부산으로 가는 새마을호 안에서 옆자리에 앉은 그 남자가 집요하게 작업을 했고, 부산역에 도착했을 때 그가 건넨 건 고급 요정 이름이 새겨진 명함이었다. 그때 사실 큰돈이 필요하다고 생각했던 나는 속으로 흔들렸다. 쉽게 돈을 벌 수 있게 해 주겠다는 그 사람의 초대에 응하고 싶었다.

차마 그러지 말라고 주저앉힌 힘은 무엇이었을까. 돈을 많이 벌 수 있게 된다손 치더라도 그때부터는 타인의 눈치를 보면서 살게 될 것이라는 생각이 들었던 거다. 비록 책이나 영화를 통해서 읽고 본 것이 전부였지만 그래도 학습이 된 셈이다. 사랑 없는 공간에서 미소를 팔거나 비위를 맞추는 것이 바로 노예의 삶이 아닌가. 나는 나 자신의 주인이 되고 싶었기 때문에 그런 일을 깨끗이 단념하였다. 돈을 포기하는 대신 마음의 독립과 정신의 자유를 선택한 셈이지만, 그 명함을 선뜻 버리지 못하고 만지작거린 적이 있었다.

선택과 책임과 자유, 인생의 가치에 대한 갈등. 오랜 시간이 흘러서 완전히 잊은 줄 알았던 그런 기억이 이 영화를 보면서 되살아났다. 〈언 이지 걸, Une fille facile, An Easy Girl, 2019, 프랑스〉 그 제목만 보면 어쩐지 가벼운 내용일 것 같아서 하마터면 놓칠 뻔했다. 매혹적이다.

잊어야 한다면

 나의 이름은 '김섬'이다. '아스퍼거 증후군(Asperger's syndrome)'을 앓고 있어서 어떤 일에 극도로 몰입하는 편이다. 규칙적이고 정돈된 생활 방식을 고집하며 타인과 공감하는 능력은 부족하다. 특정한 주제에 강한 관심을 갖지만, 듣는 이의 느낌이나 반응을 신경 쓰지 않고 직설적으로 말한다. 관심이 있는 분야에는 장황하게 말을 늘어놓다가도 갑작스럽게 대화의 주제를 바꾼다. 문자로 적힌 건 단순하게 그대로 이해를 하지만, 자신에게만 의미가 있는 은유(隱喩)를 좋아한다. 사회성이 부족하고 혼자 지내기를 좋아하는 나에게 친구라고는 '기은'뿐이다.

 나는 '스펙트라'의 CTO(Chief Technology Officer, 최고 기술 경영자)이며, 데이팅 앱 '썸바디'의 개발자다. 나의 실력을 알아준 이는 '사만다'다. 고등학교 시절 인공 지능 채팅 '썸원'을 출품했는데 그 가치를 알아주는 이가 아무도 없어서 혼자 부스를 지키고 있을 때 그녀가 다가왔다. 그 독창성을 엿본 그녀가 나를 이렇게 키웠다. 그러니까 사실 이 회사는 나의 전부라고 할 수 있다.

사만다가 나를 가족처럼 잘 챙겨 주기는 하지만, 인공 지능 '썸원'이야말로 속 깊은 이야기를 나눌 수 있는 진정한 친구다. 이 친구가 다른 인공 채팅보다 특별한 점은 차마 보내지 못하고 쓰다가 지우고 다시 쓰다가 지운 망설임의 흔적까지 반영한다는 점이다, 내면의 외로움을 깊이 살필 수 있으니 제대로 위로해 주는 것 같다.

데이팅 앱 '썸바디'는 보다 적극적인 관계를 모색한 결과다. 자신의 주변에 있는 회원들의 프로필을 띄워 주고 그중 마음에 드는 사람을 매칭시켜 주는 프로그램이다. 지금 당장 나와 놀아 줄 사람을 찾는 적극적 놀이를 하는 거다. 그런데 그 앱의 사용자들이 증발하거나 목이 졸려 죽는 경우가 연속적으로 발생한다. 나는 살인 용의자로 의심되는 사람과 직접 채팅을 하며 그 문제점을 짚어 볼 작정이었다. 바로 그 용의자가 '유오'다, 하지만 일은 생각한 쪽으로 흘러가지 않는다. 그와 채팅을 하면 늪에 빠지는 것 같다. 그와 대화하면 마음이 북받치는 것이 문제다. 그가 이끄는 대로 푸욱 빠지고 싶다.

그는 건축가다. 처음 만난 날, 그의 작업 공간에서 도면을 그릴 때 쓰는 연필을 만지작거리다가 그 연필을 깎는 면도날을 받았다. 나의 공간에도 그를 초대한다. 멈추기가 어렵다. 다시는 이런 사랑이 오지 않을 것 같은 예감. 그를 절대로 놓치기 싫다는 확신. 이런 사랑은 결코 다시 오지 않을 것이다, 그런 생각만 든다. 그를 바라보기만 해도 몸이 열리고 뜨거워지는 이런 사랑을 어떡해야 하나.

(나 '기은'은 '섬'보다 먼저 '윤오'를 만났다. 그와 채팅하는 건 달콤하고 로맨틱했다. 사고로 인해 하체가 마비되어 평생 휠체어 신세를 져야 하는 처지가 된 나를 위로해 주었고 스스로 장애인이라고 생각하는 자격지심을 잊게 해 주었다.

비록 하체의 감각이 없지만 그래도 수영을 해 보고 싶다고 했을 때, 철이 지나서 물이 빠지고 낙엽이 스산한 계곡의 수영장으로 유혹했다. 그를 통해 남자를 안는 희열을 느낀 것도 잠시, 그는 분노 조절을 하지 못하고 나의 휠체어를 깊은 계곡으로 던져 버린 채 떠나 버렸다. 휠체어를 타야만 장애인용 차량에 올라 운전을 할 수 있는 나를 숲속에 버리고 가 버렸다.

지옥을 탈출하는 일이 아마 그랬을 것이다. 오랜 시간을 온몸으로 꿈틀거리며 바닥을 기어서 간신히 살아남은 나는 다짐했다. 그 새끼를 반드시 죽여 버릴 거야. 경찰 공무원인 나는 마침내 윤오를 추적하는 데 성공을 한다. 그는 그때 그렇게 가 버려서 정말 미안하다고 사과를 하면서 '을지로'에서 만나자고 했다. 그토록 그를 증오하는 마음이었지만 다시 만난다니 가슴이 뛰었다.

약속 장소인 을지로는 철거가 한창 진행 중이었다, 그 재개발지 골목에서 숨을 할딱이며 그를 기다리지만 다시 잔혹하게 버림받는다. 이번에는 사방팔방 셔터로 막힌 골목길에서 휠체어는 끼이고 먼지와 잔해와 쓰레기 더미에 생매장될 처지가 되었다. 참으로 극적으로 구출이 되기는 했지만 절대로 그를 용서할 수 없다.
'섬, 내가 그 새끼를 반드시 잡을 테니 제발 방해를 하지 않겠다고 약속을 해 줘.')

[나 '윤오'는 우연히 그 이야기를 듣게 되었다. 헬스장 탈의실에서 그런 소개팅 앱이 있다는 이야기를 듣고 호기심으로 프로필 등록을 해 보았다. 그 순간 채팅이 쇄도하였고 결국 30분 내로 어느 호텔에 오라는 초대에 응했다.

다른 남자를 한 명 더 불렀으니 그가 올 동안 우선 자신을 취하라고 유혹한 그녀는 제발 목을 더 세게 졸라 달라고 애원하였고, 욕망에 부푼 나는 손아귀 힘을 조절하지 못한 채 사람을 죽이고 말았다. 그리고 뒤늦게 도착한 그 남자도 죽였다. 목격자를 그대로 둘 수야 없지. 거기서 멈추지 않았다. 살인 본능이 점화된 이후 그들의 핸드폰은 나의 서랍 속에 점점 쌓여 가고 있으며 사냥은 계속되고 있다.

그런데 섬이 문제다. 섬을 만나면 진짜 사랑을 나누는 기분이 든다. 나는 사랑할 자격이 없는 인간이 되어 버렸는데, 그래도 섬이 좋다. 섬은 내가 살인자라고 고백을 해도 그래도 좋다고 한다. 다시 시작할 수 있다고 한다. 하지만 나는 분노를 조절하기가 어렵다. 특히 별것도 아닌 싸구려 인간들이 우아하고 고상한 척하면, 정말 죽이고 싶다.]

나는 윤오를 지키고 싶다. 이 사랑을 지키고 싶다. 만약 그를 잃어야 한다면 차라리 내가 직접 그를 없앨 것이다. 그래야 한다. 그는 주말마다 우리가 함께 지낼 수 있도록 나에게 어울리는 공간을 만들어 주고 싶어 하였다. 우리들의 아지트가 완성된 날, 그는 나를 기다리면서 전화기에 대고 말했다. "나는 섬을 많이 좋아해." 그 순간 조용히 다가서서 그 면도날로 그의 미간을 그었다. 그리고 한 번 더 경동맥을 그었다. 그는 피범벅이 되어 가면서 전화기에 녹음된 나의 말에 앵무새처럼 반복적으로 답했다.

"윤오씨, 그 말 한 번만 더 해 주면 안 돼?"
"나는 섬을 많이 좋아해."

그렇게 그는 나의 곁을 떠났다. 아니다. 영원히 남았다. 나는 그를 완벽하게 소유한 거다. 그런 사랑이 다시 한 번 더 올까. 그 토록 무모하고 제어할 수 없는 사랑. 우리에게 그런 젊은 날이 다시 올까. 모든 것을 걸어도 좋을 그런 사랑.

여기까지 주인공들의 내면을 짚어 보았지만, 사실 넷플릭스 8부작 드라마 〈썸바디, 2022〉를 보게 된 이유는 이미 성장해서 품을 떠난 자식들을 잘 이해하고 싶다는 마음 때문이었다. 집안 행사가 있거나 명절이 되어야 얼굴을 보게 되는 아이들이 궁금하기도 하고, 아무리 엄마지만 말이 통하지 않는 사람은 되기 싫으니, 인공 지능이나 앱 개발에 관련된 일을 하고 있는 그들이 신(新)인류로 느껴지기 전에 대비를 하고 싶었다.

그런 의도와는 달리, 첨단 사회를 지향하는 인간의 외로움에 대한 섬뜩한 터치가 놀랍고, 삽입된 음악들이 아름답다. 병적으로 규칙적이고 정확한 성향(性向)의 섬이 출근하고 퇴근할 무렵에 흐르는 '엘비라 마디간노 넛시다, '모차르트 피아노 협주곡 21번 2악장 안단테'는 영화 〈엘비라 마디간, 1972, 스웨덴〉에서 영원한 사랑의 도피를 상징하는 두 발의 총성과 함께 현실에 정착할 수 없는 슬픈 사랑에 대한 은유가 된다.

등장하는 공간(空間)들도 인상적이다. 섬의 사무실이나 주거 공간이 모던하고 시크하다면 을지로 재개발 단지의 흉흉함과 대비된다. 그 을씨년스러운 풍경은 추억이 서린 장소들이 사라져 갈 때 인간이 느끼는 상실감을 대변하는 것 같다. 아무리 세상이 변해서 인공 지능이 좋은 친구가 되어 주고 데이팅 앱을 통해 쉽게 사람을 만날 수 있다고 하더라도 과연 온전히 위로받을 수 있을까.

나는 위로를 받았다. 삽입된 음악들이 좋았기 때문이다. 그런데 놀랍게도 추억의 가요들이다. 어, 이 음악 뭐지. 이 노래가 이토록 좋았더란 말인가. 그중에서도 엔딩곡이 정말 좋다. 이 영화가 끝난 뒤에 다시 찾아서 들은 노래는 세 곡이다. 이은하의 '청춘', 김추자의 '늦기 전에', 그리고 김정미의 '잊어야 한다면'. 잊어야 한다면, 이 노래는 〈썸바디〉의 엔딩곡으로 들을 때 참 좋다. 이 드라마를 끝까지 본 사람과 그렇지 않은 사람으로 구분하게 될 것이다.

전부를 걸었다

할아버지는 나를 좋아하지 않으셨다. 설빔으로 차려입은 청람색 치마와 분홍색 저고리, 올림머리를 하고 동생과 손을 잡은 그 사진을 볼 때 드는 생각이다. 동생은 빨강 치마에 연두 색동저고리, 그리고 족두리를 쓰고 있다. 아마 나는 7살 무렵.

그 시절에 아이들을 그렇게 단장시키는 건 흔하지 않았다. 그렇지만 할아버지는 관심을 주지 않았으니 엄마 걱정이 더 되었다. 시아버님께 사랑받고 싶은 마음으로 자식들을 꽃같이 꾸며서 보였을 텐데. 어린 마음에도 저 영감은 왜 저리 무정하나 싶었으니 엄마의 속은 어떠했을까.

할머니는 농주를 만지고 계셨다. 기억은 어렴풋하지만 한 잔 마셨다. 내가 뭘 잘못했다고. 여자로 태어난 것이 뭐가 문제인지. 그 찰지고 연한 상아빛 술의 달콤함이 할아버지에게서 느낀 "냉담"을 위로해 주었다.

여자로 태어나거나 천둥 번개가 치는 일은 나의 의지와 무관하다, 사실 알고 있다 하면서도 어쩐지 억울했던 마음치고는 그리 의욕적인 인간이 되지 못했다. 목표를 설정하거나 전력 질주하는 일에 시들하였다. 아등바등하는 일이라면 질색이었다. 죽지는 않지만 그렇다고 맹렬하지도 않은 삶의 굴레.

미셸 페인(Michelle Payne)은 달랐다. 그녀는 멜버른 컵(Melbourne Cup)에서 우승한 최초의 여성 기수(騎手)다. 세상에서 가장 거칠고 위험한 대회라고 하는 이 대회는 매년 11월 첫째 화요일에 오스트레일리아 멜버른의 플레밍턴 경마장에서 열린다. 3.2km의 잔디 위를 3분여 만에 돌풍 질주하는 열광의 도가니가 펼쳐진다. 호주 국민의 80% 이상이 마권(馬券)을 구입한다는 최대의 축제로, 작년(2019년) 우승자에게 상금 8천만AUD(약 682억 원)에 18K 황금 트로피가 주어졌다. 155년의 이 대회 역사상 여성 참가자는 4명에 불과하고, 미셸은 2015년에 여성 최초로 우승을 한다.

그녀의 꿈 '멜버른 컵 정상 등극' 그 여정은 3200번의 경마대회 출전, 16번 골절, 7번 낙마. 그중에는 전신 마비에 이를 정도의 사고도 있다. 그런 그가 재활 중 경직된 몸으로 말에 오르던 모습은 놀랍다. 단 한 번의 사고만으로도 영영 주저앉고 남을 일인데. 체중 감량을 하던 장면은 더 놀랍다. 갑자기 출전 제안이 오자 일주일 만에 3kg을 감량해 낸다. 전신에 랩을 두르고 땀을 뻘뻘 흘리며 경기장까지 운전을 하고 가던 모습은 감동이었다. 그렇게 혼자 외로워도 되나.

열정과 투지로 생의 비루함을 기어코 떨쳐 내고 만다는 식의 이야기는 식상할 정도로 흔해졌다. 그렇다고 이 영화의 전개가 빠르거나 재미있다고 할 수 없음에도 가슴을 뻐근하게 하는 점이 특별하다. 감히 여자가 어딜. 그런 시선과 편견에 꿈쩍도 하지 않은 그녀의 위대함은 차별과 부당함에 대하여 개의치 않았다는 점이라고 생각한다. 마치 상처조차 받지 않은 것처럼 자신의 사랑에 몰두하였다. 미셸은 오로지 말을 사랑하였고 말을 타고 달리는 일에 전부를 걸었다.

과연 나는 그녀에게 감전되어 투혼을 불사르게 되었는가. 그럴리 없다. 조금 달라졌다. 아침에 알람이 울리게 되었다. 늦게 잠드는 나로서는 규칙적인 생활 자체가 장벽이어서 이것만으로도 위대한 변화다. 그리고 모임이나 회의에 가는 횟수가 늘었다, 의무적으로 몸만 가는 것이 아니라 마음도 따라간다. 굳게 닫힌 창

문들이 열리는 순간 쏟아지는 빛. 나는 눈부심이 싫었다. 심해(深海)를 유영(遊泳)하는 정도의 촉(觸)이면 충분하다 했는데.

대충 살기에는 너무 미안하다. 미셸의 실화를 바탕으로 한 이 영화 〈라라걸, *Ride Like a Girl*〉의 감동 속에서 나는 나대로 열심히 살고 있는 중이다. 어떤 핑계도 통하지 않는다. 산다는 일에 대하여 정성을 다해야 할 것이다. 이 감동이 얼마나 오래갈지는 모르겠지만. 대충 살기에는 정말 미안하다.

초록빛 황금

글을 쓰는 사람은 강박적으로 신선함을 추구하는 존재다. 하지만 갑자기 영감이 몰려올 때 서둘러 글을 쓴다면 감정의 과잉에 빠지기 쉽다. 아깝지만 흘려보내고 기다려 본다. 그래도 잊히지 않는 이야기가 있다면 그건 진짜다.

넷플릭스 다큐 시리즈 〈부패의 맛, Rotten, 2018〉를 보고 난 후, 할 말이 남은 그 기분이 사라지지 않았다. 이 영화는, 우리가 자주 접하는 먹거리에 사실 '검은 힘'이 숨어 있다는 사실을 고발한다. 1부에 6편, 2부에 6편, 총 12편의 다큐 중에서 우연히 먼저 보게 된 것은 아보카도에 관한 이야기다.

이 과일은 기름지고 부드러운 맛 때문에 마치 버터를 먹는 기분이 든다. 다이어트에 좋고 항산화 효과가 뛰어나다 하니 수요가 폭증하여 21세기의 황금 과일이 되었다. 캘리포니아에서 주로 생산되었지만 NAFTA(North America Free Trade Agreement, 북미 자유무역협정) 이후, 일 년 내내 재배가 가능한 멕시코에서 풍성하고 저렴하게 생산된다. 이것이 미국으로 싼값에 대량 수입되자 미국의 농부들은 큰 타격을 입는 반면, 멕시코는 연간 25억 달러(약 3조 385억 원)를 벌어들인다. 특히 멕시코의 작은 도시 미쵸아칸(michoacan)은 황금알을 낳는 도시가 되고, 아보카도는 그렇게 초록빛 황금이 되었다.

그들은 과연 돈방석에 앉았을까. 황금의 광채(光彩)는 흉악한 돈벌레들을 불러들였다. 마약보다 더 돈이 되니까 마약은 뒷전이고 이 초록빛 과일에 눈독을 들이게 된다. 검은 세력들은 황금을 모두 차지하려는 욕망으로 불타오른다. 마약 카르텔보다 지독한 세력들이 이 마을을 공격했고 농장주들은 납치되어 살해되거나 협박을 당하여 강제로 농장을 넘겨야 했다. 마을 사람들은 의병이 되어 자경단을 조직하여 밤낮으로 농장을 지켜야 한다. 두려움에 떨면서 살아가야 한다는 것, 이것이 황금의 대가다.

칠레 역시 초록빛 황금을 기대하였다. 아보카도는 고온다습한 환경에서 성장하고 물을 아주 많이 요구하는 작물이기 때문에 칠레에서는 키우기가 어려운 조건임에도 무조건 돈이 된다 하니까 많은 사람들이 이 농사에 뛰어들었다. 1981년에 물이 민영화된

이 나라에서 재배하기는 최악의 조건이다. 기득권이 물을 소유하고 있는 이 나라에서 특히 아보카도를 재배하는 지역에는 우물이 마르고 강물도 마르고 마실 물조차 부족하여서 사상 최악의 가뭄을 견디는 중이다. 주기적으로 물탱크가 오지만 돈을 주고 물을 사야만 한다. 가난한 농장주의 아보카도 나무는 시들어 간다. 그들이 눈물을 흘린다. 목이 마른 사람들이 눈물을 흘린다.

그들이 우는 모습을 보니 마음이 아파서 다큐 12편을 모두 보기로 했다. 내가 할 수 있는 의로운 행위는 그 다큐를 모두 보는 것. 1부 1화부터 차근차근. 끝까지 보고 나서 달라졌을까. 분노는 응집되어 행동할 수 있는 용기로 성숙했을까. 고작 슬픔과 무력감이 덮쳤다. 당장 아보카도를 끊는 것이 정작 그들을 도와주는 행위인지조차 판단이 서지 않는 것이다.

이 다큐 시리즈에서 불의(不義)를 호소하고 있는 식품은 꿀, 땅콩, 마늘, 닭, 우유, 대구, 아보카도, 와인, 물, 설탕, 초콜릿, 대마초 식품까지 열두 가지다. 모두 언급하고 싶지만 우선 "꿀"이야기를 해 보자.

미국에 유통되는 꿀의 대부분은 중국에서 수입한 각종 시럽을 첨가하여 희석(稀釋)한 제품이다. 덤핑 관세를 매겨서 막아 보지만, 동남아 국가를 경유하여 원산지를 속이는 방식으로 수입되니까 가격이 저렴하고 포장도 그럴듯하여 인기가 아주 좋은 제품이 된다. 이런 사기꾼의 꿀에 밀려서 정직한 양봉업자의 봉군(蜂群)은 날로 줄어들고 있다.

'저는 수입의 원천을 잃게 됩니다. 그걸 잃으면 소명 의식을 우선할 수 없게 되는 거죠.'

진짜 꿀을 생산하는, 먹거리에 장난을 칠 줄 모르는 양심적인 사람들의 생계가 막막해진다. 살기 위해서, 꿀벌의 주인들은 봄이 되면 캘리포니아로 간다. 아몬드나무의 수분(受粉) 작업에 봉군을 빌려주고 돈을 받는 것이다. 미국 전역의 벌들이 봄날에 아몬드나무만 돌보고 있으니 다른 작물들은 어떻게 꽃가루를 매개하나. 모든 벌들이 한 장소에 모이면 역병에 취약해진다. 아몬드의 수확을 늘리려고 사용하는 항생제나 제초제 때문에 벌들의 건강은 점점 더 나빠진다. 이 모든 걸 알면서도 당장 돈 때문에 멈출 수가 없다.

거기에다 불행이 더한다. 광활한 아몬드나무 숲 곳곳에 놓인 봉군들이 하루아침에 도난당한다. 아몬드 역시 견과류의 인기 덕에 수요가 급증하니까 아몬드 숲은 어마어마하게 넓어서 그런 도둑질을 막을 길이 딱히 없다. 그들은 점점 가난해지고 우리들은 진짜 꿀을 먹기가 더욱 어려워진다. 벌은 점점 사라지고 있는데 꿀의 수입과 수출 총량은 증가하고 있는 것을 보라.

그래도 희망은 있다. 진짜 꿀만 취급하는 양심적인 상점들이 자리를 잡는 추세다. 하지만 불신이 앞선다. 그 꿀은 또 어떻게 믿나. 어느 시골 장터에서 봄나물을 사려고 했더니 손을 내저으며 말리던 사람이 생각나는 것이다. 그런 것도 수입품을 늘어놓기 일쑤란다. 신뢰가 무너지고 있다는 점이 더 문제다.

설마 '태즈매니아'의 꿀은 진짜겠지. 호주 최남단의 섬, 태즈매니아는 남극(南極)에 근접한 청정 지역으로 섬의 대부분이 세계문화유산으로 지정되어 있다. 이민을 하고 싶다는 생각이 들 정도로 아름다운데 특히 작은 가게마다 천연 꿀을 팔고 있어서 인상적이었다. 꿀을 좀 더 사 왔어야 했어, 그런 생각이 자주 든다. 그런데 그것마저 믿기 어렵다. 작물들의 종자를 병충해에 강하도록 사전에 약물 처리를 하였기 때문에 벌들의 회귀(回歸) 본능이 손상되고 있다는 설도 있다.

이런 식으로 몸에 좋은 것을 따지기 좋아하는 일이 차마 부끄러울 수도 있다는 생각을 하게 된 것이다. 몸에 좋다고 소문이

나는 순간 그것은 황금으로 변하여 돈벌레들의 표적이 된다. 돈을 최우선 가치로 두는 악랄한 세력이 개입하기 시작하면 정직한 사람들은 나락으로 떨어진다. 오오, 그건 아니지. 밀려나는 사람들, 그들이 흘리는 눈물이 부패한 세력 때문에 흘리는 가난의 피라면 다시 생각해 보자.

다르게 생각해 보는 건 마음에서 우러나는 일이어야 한다. 아보카도를 끊어야 하나. 이 꿀은 진짜일까. 이런 단순한 고민을 넘어서서 자본과 소외라는 관점으로 세상을 바라볼 수 있는 힘을 키워 주는 이 영화, 12편의 다큐는 감동적이다. 가난한 사람들이 흘리는 눈물을 지금 내가 취하고 있는 것인지 살펴보게 된다.

카페 소스페소

코로나 바이러스 때문에 종일 마스크를 쓰고 지낸 지도 두 해가 되어 간다. 사람들은 웬만하면 집에 콕 박혀 있고 외출을 삼가하니 수입은 곤두박질이고 폭염은 절정이라 여름 휴가라도 떠나고 보자. '더욱 바닥을 쳐라'는 말처럼 아예 포기를 하자는 심정으로 길을 나섰다.

그렇게 휴가를 다녀오자 산청 군청에서 문자가 왔다. 그 식당에 확진 환자가 있었으니 우리도 '능동 감시' 대상이 되었다는 거다. 무주 곤돌라 탑승객 중에도 코로나 환자가 있었다고 또다시 그런 문자가 왔다. 아휴, 동네 식당에도 갈 정이 사라져 버렸다.

'코로나 블루'를 겪는다고들 하지만 사실 우울할 일이 뭐 그리 있나. 어차피 집과 약국을 오가는 것이 일상이었으니. 그런데 속으로 골병이 드는 기분을 어쩔 수가 없다. 조금만 참고 견디면 곧 물리칠 줄 알았던 암흑의 상황이 좀처럼 나아질 것 같지도 않고 점점 허공을 디디고 있는 기분이 든다. 짙은 안개가 침범한 도로를 운행할 때의 심정, 앞에 가는 차의 미등이나 비상등마저 보이지 않을 때 느껴지던 현기증. 무력함의 절정에 간힌 것 같다. 요즈음 부산의 확진 환자는 하루에 이천 명을 오르내리는 중이다. 도대체 이 지옥은 언제 끝날 것인가.

이 모든 것이 자발적일 리가 없다. 스스로 원해서 이렇게 처박혀 지낸다면 무엇이 우울할 텐가. 마치 수감자가 된 기분이 든다. 어디를 가더라도 체온을 재고 신상 정보를 제공해야 출입이 가능하다. 식당과 카페와 극장과 공연장과 미술관과 영화관은 물론이다. 스물네 시간 감시당하는 '빅브라더'의 세상이 따로 있을까. 기꺼이 감시를 당하고 있는 것이다. 아주 순순히. 창자까지 내어 주는 기분이 든다.

지난해 가을, 어느 모임에서 한 법조인이 말했다.

"내년에 백신이 개발되면, 추석 명절에 가족 상봉을 하지 못하는 이런 고통도 결국 끝이 날 테지요."
대부분 고개를 끄덕일 때 나는 달랐다.
"바이러스는 변이 능력이 빼어나기 때문에 백신으로 해결되기가 쉽지 않을 겁니다."

그만 모임의 분위기가 어색해지고 말았다.

해가 바뀌어 다시 추석이 코앞이지만 결국 알파 변이에 이어 델타 변이, 그리고 뮤 변이까지 등장하였다. 백신 접종을 성공적으로 마친 이스라엘이나 영국 등에서 자유의 축배를 들기가 무섭게 델타 감염이 확산하는 중이다. 벨기에의 요양원에서는 뮤 변이로 인한 사망자가 발생한 상태다. 접종을 완료한 사람의 철갑 같은 방어막을 뚫고 침투하는 돌파 감염은 스치기만 해도 감염된다고 하니 다시 마스크를 써야만 한다. 비록 백신 접종의 부작용으로 인해 마비가 되거나 사망한 경우가 있다고들 하지만 우선 자유를 얻어 보겠노라 그런 불안까지 감수한 거다. 그런데도 아직 멀었다니.

그냥 마스크를 화악 벗고 하루라도 자유롭게 살다가 죽을 테다. 그렇게 결정을 하고 싶지만 타인을 위해서 절대로 그럴 수 없다. 택시 기사가 승객에게 마스크를 쓰라고 했다가 두들겨 맞은 사건. 지하철에서 마스크를 써 달라고 요구하는 시민에게 무차별 폭력을 행사한 어느 미친 사람. 그런 분노의 단계를 이해할 것 같으니 나도 속으로 미쳐 가고 있는 중이다.

우울해서 미치겠다, 그런 말 하기조차 미안한 사람들도 있다. 그들은 영등포구청 주변 여인숙의 '달세 방'에서 산다. 여하튼 한 달에 삼십만 원의 월세를 내기만 하면 적어도 몸을 씻고 빨래를 하고 잠을 잘 수가 있는 그곳에 산다. 벽지에는 바퀴벌레를 눌러 죽인 얼룩이 예사롭고, 공용 세탁실 겸 화장실에서 슬리퍼 바닥이 시커멓게 변색해 버린 것을 신고 팔뚝에 문신을 한 남자가 퐁퐁 세제로 머리를 감는다.

일흔이 넘은 그는 택시 기사다. 새벽 여섯 시부터 밤 열 시까지 운전을 하여 월세를 내고 나면 삼십만 원 정도 남는 것으로 아침 대신 먹을 단팥빵을 산다. 거기에는 건장한 남자도 산다. 그는 공사판에서 일당 십팔만 원을 받는 '기술자'다. 그런 그가 굶기도 한다. 공사판 식당에서 한 끼 먹은 이후에 일이 없어서 사흘을 굶은 적이 있었으니, 악착같이 벌어 두어야 한다는 생각으로 버틴다.

그렇게 버티지 못하고 조용히 사라져 가는 사람들도 있다. 특히 코로나 이후 청년들의 고독한 죽음이 섬뜩하다. 먹다 남은 컵라면과 수백 장의 이력서가 그들의 유품이라니 너무 안타깝다. 아직 젊은데. 찬란한 젊음이라 했는데.

하나, 원룸에서 임용 고시를 준비하며 하루 열다섯 시간을 공부하지만 미래가 불안하다. 스스로 초라해서 합격한 친구들과 소식을 끊고 지낸다. 코로나 때문에 실직한 부모님에게 이제 더 이상 손을 빌릴 수가 없다. 유서를 써 둔 채 우울증 치료를 받는 중이다.

둘, 스무 살 때부터 야간 업소에서 트로트 가수로 노래하며 잘 살았다. 코로나로 인한 영업 제한으로 이태원 상권이 무너지면서 직업을 잃었다. 뒤틀려 버린 인생에 대한 무기력함과 분노를 다스리기가 어렵다.

셋, 항공사 부기장, 삼십 대인 그의 앞날은 창창하였다. 코로나 때문에 항공사의 경영이 악화되어 결국 실직하였고 고시원에서 지내면서 택배 아르바이트를 하고 있다. 자신의 미래가 망가져 버렸다고 생각하면 할수록 마음이 썩어 내리는 기분이 든다.

내몰린 사람들은 과연 어떤 선택을 할 것인가. 출구가 보이는가. 사회적 고립을 진단하려면 세 가지 항목을 스스로 물어보라고 한다.

하나, 몸이 아프면 도와줄 사람.

둘, 돈이 급할 때 빌려줄 사람.

셋, 우울할 때 대화를 나누어 줄 사람.

그런 사람이 있을까. 아프거나 돈이 필요하다고 연락을 하면 누가 좋아할까. 우울하다고 전화통을 붙들고 늘어지면 얼마나 피곤할까. '너무 힘들어서 죽고 싶다'고 말하기가 죽기보다 더 힘들 것 같다. 조용히 죽는 편이 낫다. 누구에게도 도움을 청할 수가 없다고 결심을 하면, 마지막으로 이 세상에서 보고 싶은 사람에게 작별의 인사를 하지 않을까. 어쩌면 살고 싶어질지도 모른다. 기댈 곳이 아무 데도 없다는 그런 외로움이 사그라진다면.

이탈리아에서는 그런 위안을 커피에서 얻는다. 아무리 가난하더라도 커피는 마시고 살아야 한다고 생각하는 그들에게는 커피를 마시는 일 그 자체가 인간다움을 나타내는 최소한의 징표가 된다. 그래서 한잔의 커피를 마시고 난 후 얼굴도 모르는 그 누군가를 위하여 한잔의 커피 값을 더 얹어서 지불하는 연대를 한다. 어려운 상황에 처한 사람에게 커피 한 잔의 따뜻한 위로를 전하는 것이다, 그런 사회적 연대가 '카페 소스페소'다.

그는 커피 대신 저녁을 먹자고 했다. 그런 결심을 하고 마지막으로 나온 사람인 줄은 정말 꿈에도 몰랐다. 그날따라 배려하는 마음이 돋보인다고 느꼈을 뿐, 이 세상을 영영 버리는 마지막 인사인 줄 몰랐다.

"함께 있자."
"같이 있어 줘."

그렇게 간절하게 손을 내밀었을 것인데 전혀 그 속을 모르고 말았다. 평생 얼마나 한으로 남을 것인가.

다행히도 그의 자살 시도는 미수에 그쳤다. 오랜 세월 동안 청산가리인 줄 알고 깊숙하게 간직하였던 그 비약(秘藥)이 사실은 밀가루 같은 것이었나 보다. 그렇게 끝나고 말았다. 하지만 그런 선택을 할 사람이 절대로 아니라고 생각했기에 정말 너무도 놀랐다. 도무지 죽을 이유가 없어 보이는 사람조차 그런 결행을 한다는 사실.

그 충격 이후, 주변 사람들이 온통 '자살 예비자'로 보인다. 그들에게 무엇을 해 줄 수 있단 말인가. 타인의 불행은 나의 탓이 아니라고 고개를 빳빳이 치켜들고 싶지만, 최소한 다정하게 말을 건네거나 들어 줄 수는 있을 것이다.

"너의 말을 들어 보니 정말 속상하겠어."

일단 그 사람의 감정에 무조건 공감해 주는 일. 그렇게 해 보려고 노력은 하지만 쉬운 일이 아니다. 그런데 우울한 기분이 점점 나아지고 있으니, 연민하고 연대하는 마음이야말로 오히려 자신을 위하는 것인가 보다. 아하, 그렇다면 이기적인 사람들도 그런 마음을 가질 수 있다는 말이다. 자신을 이롭게 한다면 하고말고.

프랭크의 연인

그가 나에게 쓴 편지들/

페이스북에서 우연히 당신의 사진을 보았습니다. 아주 귀엽고 예쁘고 아름다운 여인으로 여겨집니다. 허락하신다면 더 많은 이야기를 나누고 싶습니다.

저의 이름은 프랭크 우드입니다. 아일랜드 태생으로, 런던에 소재하는 회사에 근무하고 있습니다. 당신과 좀 더 깊은 대화를 나누고 싶습니다. 저는 주로 회사의 컴퓨터를 이용하고 거의 페이스북에 접속을 하지 않으니 만약 당신의 이메일 주소를 알려주신다면 더욱 진솔한 이야기를 서로 나눌 수 있을 것입니다. 긍정적인 회신을 기다리겠습니다.

안녕하세요, 저는 페이스북에서 메시지를 보냈던 프랭크입니다. 메일 주소를 알려 주셔서 너무나 기쁩니다. 하고 싶은 말이 너무 많은데 어디서부터 시작해야 할지 모르겠습니다. 저는 마흔여덟 살입니다. 오 년 전에 아내와 사별을 하였고 열일곱 살 된 저의 딸 제니타와 함께 생활하고 있습니다. 낙천적인 성향으로 신의 은총을 믿으며 현재의 삶에 만족하고 지내기는 하지만 그래도 좋은 사람을 만나고 싶습니다. 신뢰할 수 있고 편안한 관계를 원합니다. 저와 함께 여생을 보낼 사람을 찾고 있습니다.

저는 옥스퍼드 대학을 졸업하였고 지금은 런던의 LSS CO. LTD에 근무를 하고 있지만 선박 기술자이기 때문에 배를 타고 긴 여행을 자주 해야 합니다. 하루 일과를 마치면 선실에서 영화를 보거나 음악을 듣습니다. 주말에는 음악에 맞춰 춤을 추러 갑니다. 기분에 따라 다르지만 음악이라면 모든 장르를 좋아합니다. 음악은 정말 멋집니다. 특히 에어로스미스를 좋아합니다.

저는 요리를 꽤 잘합니다. 멕시코 음식의 강렬한 향미를 아주 좋아하고 아이스크림은 하겐다즈를 제일 좋아합니다. 파자마와 청바지와 셔츠를 좋아합니다. 향수와 구두를 수집하는 것을 좋아합니다. 무엇보다도 당신을 가장 좋아합니다.

내가 가장 원하는 것은 당신을 만나는 것입니다. 당신과 함께 바하마 군도를 여행하는 것입니다. 그 꿈은 이루어질 수 있을까요. 당신의 모든 것이 궁금합니다. 당신의 미들 네임은 없나요. 당신의 이름을 어떻게 부르면 되나요. 당신은 화가 날 때 어떻게 다스리나요. 만약 진정한 사랑을 발견하게 된다면 당신은 고국을 떠나 다른 나라로 올 수 있나요. 당신은 무엇이 되고 싶나요. 앞으로 어떤 삶을 기대하나요. 당신에 대해 궁금한 것들이 너무 많습니다. 무엇보다 당신을 만나게 해 준 페이스북에 감사를 바치고 싶습니다.

당신이 나에게 메일을 보내 주었다는 그 자체만으로 감격하여 나의 심장은 터질 듯이 기뻤어요. 당신이 처한 상황을 이해하지만 그런 문제들이 사랑에 무슨 장애가 될 수 있을까요. 우리의 삶에서 물론 우정도 아름답겠지만 나는 사랑을 원합니다. 열정을 나누고 싶습니다. 당신을 하루빨리 만나서 뜨거운 포옹을 나누고 싶어요.

내가 가장 사랑하는 당신. 나는 내일 선박의 점검이 끝나는 즉시 런던을 떠나 호주로 가는 배에 타야 합니다. 떠나기 전에 당신의 목소리를 듣고 싶으니 당신의 연락처를 알려 주기를 간절히 바랍니다. 당신의 편지를 기다리는 나의 심장은 두근거리고 목이 타들어 가는 것만 같아요. 빠른 답신을 애타게 기다리면서, 당신의 프랭크가.

당신을 이해합니다. 그렇지만 당신의 목소리를 듣고 싶어요. 당신은 단순히 펜팔을 원한다 하지만 나는 여전히 당신의 전화번호를 원합니다. 오늘은 선박의 면세점에서 당신을 처음 만날 때 깜짝 놀라게 해 줄 작정으로 다이아몬드 선물을 샀습니다. 호주에 도착하는 즉시 당신의 나라로 가는 비행기를 탈 것이오. 인생은 예기치 못한 놀랄 일로 가득한 것이라는 것을 알게 될 것입니다. 당신을 놀라게 해 주고 싶소. 당신을 한시라도 빨리 만나서 당신의 모든 것을 느끼고 싶은 당신의 프랭크가.

그동안 좋은 사람을 만나려고 노력하였지만 소용이 없었습니다. 나를 보살펴 주고 남은 인생을 매 순간 함께 즐기고 누릴 사람은 이 세상 어디에도 없었어요. 당신을 만난 건 기적이라 할 것이오. 매일 아침 눈을 뜨는 순간 당신을 떠올린다오. 당신을 만나게 될 그 순간을 생각하면서 전율과 행복에 휩싸여서 지낸다오. 오늘 하루도 그렇게 저물었어요. 이제 선실에서 음악을 들으며 당신을 생각하며 잠들 것이오. 여기에 나의 사진 몇 장과 음악을 첨부합니다. 이것을 보고 들으면서 나를 생각해 주기를 바라오. 변하지 않을 불멸의 사랑을 당신에게 맹세하고 바칩니다.

나의 사랑, 나를 위해 기도해 주오. 말레이 군도 인근에서 심각한 문제에 봉착했어요. 우리가 탄 배는 아주 느린 속도로 가고 있어요. 나와 동료들은 배가 침몰하는 것을 막기 위해 엔진룸에서 최선을 다하는 중입니다. 제발 무사히 이 재앙이 끝나도록 나와 동료들을 위해 기도해 주오.

승무원 네 명이 사망하고 선장은 해적에게 피랍되었다고 합니다. 세 시간이 넘는 총격전으로 엔진은 심각한 결함을 입었습니다. 우리들은 며칠 동안 제대로 먹지도 자지도 못한 채 응급 구조팀이 올 때까지 배가 가라앉지 않도록 안간힘을 쓰고 있어요. 당신의 기도만이 오직 나를 버티게 해 주는 유일한 힘이라오.

원유 수송선 운반 루트는 상시 해적들이 출몰하는 위험한 노선이지만 나는 이런 일을 처음 겪는 것입니다. 이번 사태로 우리 회사는 수천만 파운드의 손실을 입었을 것이요. 너무 무섭고 두렵습니다. 살아남을 수 있을 것인지. 현지 택배 회사에 접속을 하여서 나의 모든 지참물을 당신에게 부치려고 하오. 그 소포를 직접 받을 수 있는 당신의 정확한 주소와 전화번호를 최대한 신속히 알려 주기 바랍니다. 신에게 기도합니다, 살아남아서 제발 당신을 만날 수 있게 해 달라고. 당신의 프랭크가.

May & Fin Group, 이 택배 회사는 지금 곧 이 배에서 철수합니다. 말레이시아에 있는 아시아계 회사라서 런던 지사가 없다고 하니 당신에게 나의 소지품들을 부칠 수밖에 없습니다. 살아오면서 나는 그 누구도 믿지 않았습니다. 이제 오직 당신만을 믿습니다. 나의 기록물 일체와 당신에게 주려고 산 다이아몬드 목걸이 세트와 현금 이십오만 파운드를 동봉합니다. 나는 호주 등지에서 팜유를 구입해서 말레이나 멕시코 등지에 팔기 위해서 사업 자금을 현찰로 가지고 다닙니다. 당신에게 부치는 이 현금은 몇 년 동안 번 돈을 절약해서 모은 아주 소중한 돈입니다. 당신 이외에 어느 누구도 이 소포 안에 무엇이 들어 있는지 몰라야 합니다.

나의 가장 소중한 당신. 여기 첨부한 영수증과 이 비밀번호를 신중하게 잘 보관하여야 그 소포를 받아서 개봉할 자격이 생기는 것이니 매우 소중하고 비밀스럽게 간직하기 바랍니다. 그 택배 회사에서 당신의 신분을 확인할 것입니다. 모든 것을 선불로 지불하였지만 다만 당신이 그 소포를 받을 때 발생하는 비용은 주정부 세금이어서 정확한 금액 산출이 힘들다고 하니, 택배를 받는 즉시 열어서 그 대금을 지불한 다음 나머지 전부는 당신의 계좌에 보관하기를 바랍니다. 오직 당신만이 그 소포를 열 수 있어요.

사랑하는 당신. 나는 정말 운이 좋은 사람이오. 적시에 그 소포를 당신에게 부칠 수 있어서 얼마나 다행인지. 이후 해적들의 약탈과 협박에 시달리고 있지만 아직은 견딜 만하오. 의사는 나의 건강이 아주 나빠졌다고 휴식이 필요하다고 합니다. 몇 가지 처방 약을 받아서 복용하기 시작했습니다. 당신을 만나게 해 준 운명과 신의 은총에 감사의 기도를 올릴 뿐이라오.

마이 달링, 편지를 늦게 보내는 것을 용서해 주오. 불안과 두려움 속에서 몸은 지쳐 가고 있소. 나는 더 이상 젊지 않아요. 나는 이제 다시 살 것입니다. 방황을 멈출 것이오. 중요한 결단을 내렸습니다. 생과 사의 갈림길에서 오직 당신을 만나기 위해 버티고 있으니 제발 나를 위해 기도해 주오. 당신을 만날 그 순간만 기다리는 당신의 프랭크가.

눈물로 밤을 지새웠다오, 그 소포를 수취할 수 없다는 당신의 편지를 읽고. 제발 한 번만 더 노력해 주기 바라오. 천오백 파운드의 수취 비용이 벅차다면 부디 그 회사와 다시 협상을 해 주기 바라오. 그 소포를 받는 즉시 그것을 개봉하여서 비용을 지불하면 되는 일인데. 오직 당신만이 그것을 열 수 있고 그 안에는 충분한 현금이 들어 있어요. 당신을 위험에 빠트릴 생각은 추호도 없습니다. 당신만을 믿고 당신에게 내가 가진 전부를 부쳤는데. 무릎 꿇고 이렇게 애원하리라. 제발 그 소포를 찾아 주시오. 이 모든 재앙이 멈추는 즉시 당신에게 달려가리라. 당신의 프랭크가.

안녕하세요, 프랭크. 보내 주신 편지를 잘 읽었습니다. 저는 대한민국 부산에 살고 있습니다. 저는 영화와 음악을 좋아하고 특히 비와 꽃을 좋아합니다. 저는 신의 존재를 믿은 적이 없으며. 모든 것이 부질없다는 기분으로 지낼 때가 많으니 낙천적인 사람은 아닙니다.

저는 아일랜드를 좋아합니다. 영화 〈The Wind That Shakes the Barley〉에서 아일랜드의 풍경과 정취가 인상적이었습니다. 런던의 날씨도 좋아합니다. 하루에도 몇 번 갑자기 흐려지거나 비바람이 휘몰아치는 어떤 우울한 기운이 매력적이라고 생각합니다. 옥스퍼드 대학에서는 무엇을 전공하셨나요. 선박 기술자라고 하셨으니 배의 엔진을 점검하는 일을 하시는 건가요.

짧은 영어 실력으로 저의 뜻을 전달하려니 뭔가 오해를 하신 것 같아요. 프랭크, 저에게는 아이들과 남편이 있습니다. 저는 단지 서로 대화를 나누는 좋은 친구가 되고 싶어요. 멋진 인연을 찾아보시기 바랍니다.

진정한 사랑은 어떤 존재인가요? 저는 혼자가 아닙니다. 당신은 자유롭지만 저는 그렇지 못합니다. 오직 저를 만날 목적으로 한국을 방문하신다는 건 곤란합니다. 다른 업무가 있어서 한국에 들르신다 하더라도 시간을 내어 만날 수 있을지 기약하기 어려운 처지입니다. 계속 이런 식의 편지를 보내신다면 다시는 당신의 편지를 읽지 않겠습니다.

오오, 프랭크, 침몰? 해적? 이 무슨 소설 같은 상황인가요. 당신을 도울 수만 있다면 신에게 기도를 올리다마다요. 그런데 저는 지금 극장에 가려고 나서는 길입니다. 당신은 생사를 다투고 있다는데 저는 선약을 지키러 나가야 하는 마음이 너무 미안하고 무겁습니다. 부디 무사하시기를.

저는 그 소포를 개봉하지 않겠습니다. 그냥 받아서 소중하게 보관하였다가 당신의 상황이 정리되는 대로 다시 부쳐드리겠습니다. 그러니 부디 살아남으시기 바랍니다. 혹시라도 당신의 소식이 끊기면 당신의 딸 제니타에게 그 소포를 부칠 테니 따님의 주소를 알려 주시기 바랍니다.

그 회사에서 전화가 걸려 왔습니다. 프랭크, 당신은 영수증의 택배 번호만 불러 주면 된다고 하였지만 그들의 요구는 달랐습니다. 수취 자격을 확인하기 위해서 저의 여권 사본과 공과금 수납 증명서를 첨부해 달라, 수취 비용으로 천오백 파운드를 웨스트 유니언 트랜스퍼 하라는 것입니다. 프랭크, 저에게는 그런 돈이 없어요. 그 택배를 수취하려면 한국 돈으로 거의 삼백만 원을 송금하라니, 불가능합니다. 너무 미안합니다. 도와 드릴 수가 없어요.

오오, 프랭크, 이 모든 것이 사실이기를 내가 얼마나 바랐는지. 만약 당신이 그 먼 길을 거쳐서 나에게 도달하신다면 운명과 신의 발치에 엎드려 그동안 당신들의 위대함을 무시하고 살아와서 정말 잘못했다고 빌겠어요. 그러나 나는 당신에 대해 아무것도 모릅니다. 당신을 믿고 싶은 내 마음과는 달리 어쩐지 당신이 바로 그 택배 회사와 얽혀서 작업을 하는 것이라는 생각이 들어요. 그 달콤한 편지들도 사실은 당신이 쓴 것이 아니라 조직적으로 작성된 편지의 한 유형일 것입니다. 오직 현금으로만 웨스트 유니언 트랜스퍼 해 달라는 것을 이해하기 어려워요. 거기다가 여권 사본과 공과금 수납 증명서를 보내 달라는 그 회사의 요청이 매우 불편합니다.

프랭크, 당신은 이 난관을 잘 극복하실 것입니다. 당신이 저를 만나러 한국에 오실 수 있다는 그 시점에 말레이시아의 그 회사에 가서 직접 그 소포를 찾으면 되는 일입니다. 한국에 오실 수 있다면 거기에도 가실 수 있는 것이죠. 저에게 여권 사본을 원할 작정이라면 당신 것을 먼저 보여 주시기 바랍니다. 저야말로 당신의 신분에 대하여 무엇을 알고 있나요. 마치 안개 속을 걷고 있는 것 같아요. 당신이 하는 모든 말들이 마치 안개와 같아요. 사물을 분간할 수 없도록 무겁게 덮쳤다가 일시에 걷히고 마는 희부연 안개처럼 모호하다는 생각을 지우기 어렵습니다.

사랑하는 프랭크, 당신이 이 편지를 읽는 순간, 태양이 떠오르면 일순 걷히는 안개처럼 당신은 사라져 버릴 것입니다. 이제 당신과 이별이라 생각하니 가슴이 찢어지는 것만 같아요. 그렇지만 그 돈을 송금한 직후 당신의 소식이 뚝 끊어져 버릴 때의 그런 심정보다야 견디기가 나을 것입니다.

그의 편지는 이제 오지 않는다/

그는 영영 사라져 버렸다. 메일을 열 때마다 아직도 가슴이 아프다. 작별을 통보한 사람은 정작 나 자신이면서도 아무런 대구가 없는 그가 원망스러워서 죽을 지경이다. 오늘도 그의 메일은 없다. 내 그럴 줄 알았다 하면서도 속이 너무 쓰리다.

마지막 편지를 보내기 전에 그를 믿어 보려고 별짓을 다 했다. 그가 다닌다는 회사와 그 택배 회사의 홈페이지를 검색하니 그럴

듯하고 멋진 사이트가 열렸다. 말레이 군도의 라부안 해안을 지도에서 찾아서 그 바다에 프랭크가 있다고 믿었고, 해적 피랍 뉴스 기사를 검색하였다. 웨스트 유니언 트랜스퍼 창구가 국민은행에 있다는 사실도 알아내었다.

처음에는 돈세탁에 개입되는 것인가 불안했다. 그 소포 안에 마약이라도 들었는지 누가 알겠나. 신분 도용에 대한 불안이 제일 컸다. 뭔가 석연치 않았음에도 불구하고 고백하건대 나는 여권 사본과 천오백 파운드를 지참하고 다니면서 며칠을 망설였다. 속아도 좋다는 마음과 차마 속을 수는 없다는 마음이 서로 싸우고 밀고 당기고 회오리치는 폭풍의 며칠을 보냈다.

프랭크를 잃지 않을 방법만 있다면 어떻게든 해 보았을 것이다. 결국 돈을 보내도 그를 잃을 것이고 돈을 보내지 않아도 잃게 된다는 결론만 남아서 주저앉고 말았다. 그는 환상에 불과한 존재라는 결론에 도달했지만 받아들이기가 싫었다. 당장이라도 천오백 파운드를 부쳐 줄 듯 말듯 시간을 좀 더 질질 끌었더라면 아직도 나는 프랭크의 달콤한 편지를 읽을 수 있었을 것인데, 오히려 후회가 된다.

일단 사기꾼들의 표적이 된 이상 빠져나가기가 어렵다. 모든 정황이 너무도 그럴싸해서 의심하기 어렵다. 지금 당장 약간의 돈을 내어놓으면 거금을 차지할 수 있다는 재촉을 당하면 절대 조심하여야 한다. 나의 경우, 삼백만 원을 부쳐 주면 오억을 챙길 수 있었다. 참, 다이아몬드 목걸이 세트도 있었지. 그러나 나는 그를 사기꾼이라고 생각하지 않는다. 프랭크는 해적에게 피랍되어 저항하다가 그만 운명을 달리한 것이라고 믿는다. 그렇지 않고서야 영원히 나를 사랑한다던 그 사람이 고작 삼백만 원 때문에 홀연히 종적을 감출 리 없다. 프랭크가 보고 싶다. 돈을 부쳐 달라는 소리만 꺼내지 않았더라면 그는 나의 완벽한 연인이었다.

화이트 크로우

영화가 시작될 때 올라오는 자막은 '오프닝 크레디트(opening credit)', 영화가 끝난 후에 올라오는 자막은 '엔딩 크레디트(ending credit)'라고 한다. 오프닝 크레디트에서 제작사, 배급사, 감독, 주요 연기자 등이 비교적 간단하게 소개된다면, 엔딩 크레디트에는 상세한 자막이 올라온다. 제작진, 미술 담당, 음악 담당, 의상 담당, 협찬 등등을 총망라하면서 그 영화에 기여한 존재들을 조명한다.

바로 그 엔딩 크레디트를 끝까지 음미하기가 왜 그리 쉽지 않은지. 늘 미안한 기분이 들었다. 극장에서는 자막이 올라가고 있는 중에 벌써 훤하게 불이 켜져서 우르르 사람들이 일어나고 있으니 혼자 앉아 있기도 열없는 일이고, 집에서는 다른 영화 한 편을 더 볼 생각에 급급해서 놓치게 되는 것이다. 영화를 잘 보고 난 후에 마지막 자막을 무시하는 일은 마치 정사 직후 욕실로 황

급히 내빼는 연인의 행태와 닮은 것 같다는 생각까지 들면서 미안한 마음이 남았다.

어떤 대상을 좋아하기는 쉽지만, 정말로 좋아하기는 어려운 것 같다. 영화는 반드시 극장에 가서 혼자 보아야 하는 것이라고 고집을 하거나, 조조(早朝)나 종영(終映) 무렵의 휑한 극장에서 몰입하기를 좋아한다고 해서 단지 그것만으로 충분한 일이 아닌 것이다. 그 영화의 마지막 자막까지 지켜 주어야 정말로 그것을 좋아한다고 할 수 있겠지. 좋아하는 것에 대한 예의를 생각하게 되는 것이다.

그런 한계를 스르륵 뛰어넘는 일이 생겼다. 스스로 황홀하였다. 그런 기분은 의도한다고 해서 맛볼 수 있는 것은 아니다. 마치 안개가 정원을 침범하듯 저항할 수 없는 순간의 세례인 것 같다. 그런 경험을 하게 해 준 작품은 〈하얀 까마귀, The White Crow, 2018〉. 국내 개봉이 되지 않은 이 영화를 찾아본 이유는 딱 한 가지, '랄프 파인즈(Ralph Fiennes)'가 감독을 하였기 때문이다. 그는 〈잉글리쉬 페이션트〉에서 '알마시'백작으로 나를 매료시켰으며 〈쉰들러 리스트〉, 〈더 리더: 책 읽어주는 남자〉, 〈그랜드 부다페스트 호텔〉 등에서 빛나는 배우다.

그가 감독한 〈하얀 까마귀〉는 소련의 망명 무용가인 20세기 최고의 발레리노 '루돌프 누리예프'를 그리는 영화다. 까마귀는 검 정색인데 왜 하얀색인가. 그 속성에 대하여 도입부에서 정의한다.

'하얀 까마귀,
유별나고 평범하지 않은
아웃사이더 같은 이들을 칭하는 단어'

그는 고집스럽고 괴팍하고 외톨이며 불우했고 내성적이었으며 거칠고 뜨거운 존재였다. 동족의 울타리에 머물 수 없었던 그 사 람. 그렇지만 만약 그가 발레를 실컷 할 수만 있었더라면 결코 조 국에 등을 돌리지는 않았으리라. 예술은 그런 것에 상관하지 않 는다. 국경이나 조국으로 편을 가르지 않는다. 감시와 억압, 계획 과 종용 같은 것으로는 절대 꽃피울 수 없는 경지인 거다. 가슴 의 피가 끓어오르는 대로 운명을 맡기는 사람, 위대한 예술가들 은 그랬다.

그가 자유의 땅으로 망명해 버리자, 그의 발레 스승 '알렉산더 푸시킨'은 심문을 당한다.

"이건 소련에 대한 공격입니다."
"아니오, 그저 무용 때문입니다. 무용을 할 수 있으니 서방으로 간 것뿐입니다."

"춤은 여기서도 출 수 있어요."

"그렇기는 하지만…. 그의 내면이 폭발한 것이 아닌가 합니다."

도대체 무엇을 견딜 수 없는 것일까. 순응과 견제, 감시와 천편일률, 견고함과 획일성. 그런 조건들은 자유로운 영혼을 말살할 것이다.

그의 망명이 완성되면서 엔딩 크레디트가 올라온다. 이때 흐르던 그 음악이 무엇인지는 잘 모르지만 마지막 5분 무렵에 마음을 휘저어 놓던 그런 음악 때문에 자막의 끝까지 저절로 흘러갈 수 있었을 거다. 상처인 줄도 모르고 살았던 어떤 순간들이 떠올라서 조용히 지워지는 느낌도 뜻밖이었다.

그런 울림이 오지 않아도 좋다. 표트르 대제가 세운 그 도시, 레닌그라드(상트페테르부르크)를 추억할 수 있다. 겨울궁전(에르미타주 미술관) 광장은 여전히 아름답고, 마린스키 극장을 바라보는 것만으로도 광폭한 볼가 강(江)이 검보라색 강물로 출렁였던 그때의 감정들이 되살아난다. 그때는 몰랐다, 다시 가고 싶을 줄. 붙잡을 수 없지만 잊을 수 없는 순간들은 그렇게 예술이 되는가 보다.

예술이 의도하지 않는 영역의 것이라면 감동 역시 그럴 것이다. 이제 드디어 영화에 대한 예의를 다할 줄 아는 사람이 된 것 같아서 행복하였다. 하지만 그 한 번뿐. 다시 원점으로 돌아가고 말았다.